백건익

성운을 먹는자

성운을 먹는 자 28

김재한 퓨전 판타지 소설

초판 1쇄 찍은 날 § 2017년 9월 26일
초판 1쇄 펴낸 날 § 2017년 10월 3일

지은이 § 김재한
펴낸이 § 서경석

편집책임 § 이지연
디자인 § 신현아

펴낸곳 § 도서출판 청어람
등록번호 § 제387-1999-000006호
등록일자 § 1999. 5. 31
어람번호 § 제1-2773호

주소 § 경기도 부천시 부일로 483번길 40 서경B/D 3F (우) 14640
전화 § 032-656-4452 팩스 § 032-656-4453
http://www.chungeoram.com
E-mail § chungeorambook@daum.net

ISBN 979-11-04-91471-3 04810
ISBN 979-11-04-90287-1 (세트)

FUSION FANTASTIC STORY

김재한 퓨전 판타지 소설

성운을 먹는 자

혼몽(混夢)

28

목차

제181장
진심

성운을
먹는자

1

천두산의 결계가 봉합되는 사이, 생존자들은 모두 마계화
영역 밖으로 탈출했다.

그 수는 많지 않았다.

운검위들과 함께 투입된 황실 정예 무인 20명 중에서는 7명
만이 살아서 나왔다.

그리고 예령공주와 함께 천두산에 투입되었던 병사 1,500명
중에서는 고작 30명만이 생존했을 뿐이다.

"이만큼의 희생을 치르고도 완전히 막아내지 못하다
니……."

운검위가 한탄했다.

예령공주의 희생과 형운 일행의 활약 덕분에 흑영신교의 의도를 반은 분쇄했다. 하지만 그 말은 반은 막아내지 못했다는 의미였다.

황실 위사부장 사군후가 울분을 토해냈다.

"명예롭게 죽어간 이들의 시신조차 수습해 주지 못한다니 원통하구려."

암월령의 죽음과 동시에 마계화 영역이 닫히기 시작했기에 더 이상은 안에 들어가서 활동하는 것이 불가능했다. 끝까지 처치하지 못한 마혈들이 흑영신에게 제물로 바쳐지는 것도 막을 방법이 없었다.

형운이 말했다.

"이쪽으로 이동 중인 병력이 도착하기까지는 한참이 걸릴 테니 그때까지는 상황을 지켜봐야겠군요."

운룡족이 개입하는 것은 어디까지나 천두산 결계의 구멍을 봉합하는 것뿐이다. 마계화 영역에 대한 것은 인간들이 처리해야 할 일이었다.

황실에서는 두 명의 운검위와 20명의 정예 무인을 투입하는 한편, 가까운 곳의 관군에게 천두산으로 집결하라는 명을 내렸다.

하지만 천두산에서 가장 가까운 곳에 주둔하고 있던 관군들은 예령공주와 함께 천두산 소탕에 동원되었던 이들이었다. 그렇기에 긴급 출동 한 관군이 도착하는 것은 빨라도 내일일 것이다.

운검위가 말했다.

"그래주신다면 감사하겠소."

"일단 야영 준비를 하도록 하지요. 부상자들도 있으니 이대로 있을 수는 없습니다."

형운의 말에 몸이 멀쩡한 이들이 다들 나서서 야영 준비를 하기 시작했다.

변변한 장비는 하나도 없었지만 무인의 신체 능력은 초인적이고, 경험이 풍부한 이들이 많아서 나무를 꺾고 수풀을 엮는 등의 작업으로 밤을 보낼 수 있는 장소를 확보하기 시작했다.

이럴 때는 음식과 식수가 문제가 되게 마련인데, 여기에 대해서도 일행은 걱정이 없었다.

"이 근방의 물은 안심할 수 없으니 물은 제가 준비하겠습니다."

형운이 빙백무극지경의 권능으로 공기 중의 수분을 응결시켰다가 다시 녹이는 것으로 안심하고 마실 수 있는 식수를 제공했던 것이다.

그리고 마곡정이 나섰다.

"그럼 내가 마을에 가서 물건을 좀 구해 오지. 형운 너랑 위사님은 여길 떠날 수가 없을 테니까."

만약의 사태에 대비하기 위해 형운과 운검위는 반드시 이곳에 남아 있어야 했다. 그리고 둘을 제외하면 마곡정의 이동 속도가 가장 빨랐다.

형운이 술심을 내주며 말했다.

"이걸 가져가. 짐을 많이 나르려면 도움이 될 거야."

그리고 황실 위사부장 사군후가 금패 하나를 내주었다.

"관아에 가서 이 패를 보여주고 황실의 뜻임을 이야기하면 무엇이든 협력을 요구할 수 있을 걸세."

"알겠습니다."

마곡정은 고개를 끄덕이고는 바람처럼 달려갔다. 순식간에 멀어지는 그의 모습을 보며 사군후가 혀를 내둘렀다.

"정말 놀라운 경공이군. 저런 젊은이야말로 황실에 필요한 인재인데……."

목숨을 잃을 위기에서 마곡정이 구해줬기에 사군후는 마곡정을 대단히 호의적인 눈길로 보고 있었다.

물론 그렇다고 해서 섣불리 황실을 위해 일해보지 않겠냐는 제의를 하지는 않았다. 그가 별의 수호자에서도 높은 지위를 지닌 인물임을 알기 때문이다.

'정말 아까운 인재지만 좋은 관계를 맺는 정도로 만족하는 수밖에 없겠지.'

사군후로서는 아쉬워하며 입맛을 다실 수밖에 없었다.

2

인원을 나눠서 일부는 야영 준비를 했고, 일부는 부상자들의 상세를 살폈다.

물론 의원이 없으니 전문적인 진맥을 할 수는 없다. 하지만 구급약은 충분히 있었고, 다들 무인들이다 보니 형운이 진기를 불어넣어 주는 것만으로도 몸 상태가 확연히 나아졌다.

단 한 사람, 예령공주만 빼고.

"몸 상태는… 내가 보기에는 기력이 허해지기는 했지만 괜찮아 보여. 지금 깨어나시지 못하는 건 그런 문제가 아닌 것 같군."

예령공주는 신기를 형운에게 넘겨주고 혼절한 후로 깨어나질 못하고 있었다.

하지만 별다른 부상을 입은 것도 아니고, 기맥에 침투했던 마기도 운룡에게 신기를 받으면서 싹 씻겨 나갔기에 달리 어떻게 할 수 있는 일이 없었다.

"위사님, 마음은 알겠지만 일단은 쉬시지요. 위사님께서도 심신이 쇠해 있어서 이러다가 쓰러집니다."

"그럴 수는 없소. 대협께서 진기를 나눠주신 덕분에 몸도 괜찮으니 공주 마마께서 깨어나실 때까지는 곁을 지킬 거요."

형운이 걱정하며 말했지만 거인 위사, 가염은 고집을 부렸다. 그의 진심이 느껴져서 형운은 한숨을 쉴 뿐 더 권하지 못했다.

그렇게 한 시진 반(3시간)쯤 지났을 때 마곡정이 돌아왔다.

"여기가 마경이다 보니 마을이 멀리 있어서 좀 오래 걸렸습니다."

마곡정은 자기 몸보다도 커다란 보따리를 지고 와서 모두를 놀라게 했다.

아무리 힘이 세다고 해도 이런 것을 지고는 빠르게 이동하기가 어렵다. 하지만 형운이 빌려준 술심의 힘으로 그런 불편을 해소할 수 있었다.

마곡정은 모포 등 야영을 하는 데 필요한 물품들과 의약품, 그리고 식량과 큰 냄비 등의 조리 도구까지 지고 왔다. 척마대원으로서 활동한 경력이 풍부한 만큼 지금 이곳에 무엇이 필요한지를 정확하게 짚어낸 것이다.

한창 뒤에서 음식 냄새가 풍기기 시작할 때 운검위가 말했다.

"확실히 줄어들고 있군. 대협이 보기에도 그렇지 않소?"

"그렇습니다."

형운도 동의했다.

마계화 영역은 빠르게 축소되고 있었고 하늘을 지배하던 혼돈도 눈에 띄게 옅어져 갔다. 진행 속도로 보면 하루나 이틀 정도면 완전히 소멸할 것 같았다.

"그때까지만 지켜보고 뒷일은 이곳에 도착하는 부대에게 맡기면 될 것 같소."

그때 두 사람 앞에 새하얀 머리칼을 휘날리는 운룡족, 운희가 홀연히 나타났다.

그녀가 형운에게 말했다.

"결계 수복 작업은 성공적으로 끝났다."

"수고하셨습니다."

"이번 일은 아무리 감사해도 부족할 지경이구나. 그런데도 네게 해줄 수 있는 일이 없다는 것이 안타까울 따름이다."

운희가 부끄러운 듯 한숨을 쉬자 운검위가 말했다.

"운룡족이 보상하지 못하는 만큼 황실에서 보상할 수 있도록 폐하께 잘 말씀드릴 것입니다."

"운검위의 헌신과 배려에 감사한다."

고개를 끄덕인 운희는 곧바로 예령공주를 찾았다. 머리가 운룡족처럼 투명한 백발로 변해 버린 그녀를 본 운희의 표정이 당장에라도 울음을 쏟을 것처럼 변해 버렸다.

"예령아, 어이하여 네게 이리도 가혹한 일이 닥쳤단 말이냐."

운희는 그녀를 안고 안타까움을 쏟아냈다. 하지만 그녀 스스로 수명을 바쳐 기적을 일으킨 것이라 해줄 수 있는 일이 아무것도 없었다.

가염과 함께 예령공주의 곁을 지키고 있던 천유하가 물었다.

"공주님께서는 어찌 되시는 겁니까?"

"예령의 남은 시간은… 길지 않을 것이다."

예상했던 대답이었다.

예령공주는 운룡에게 수명을 대가로 바치고 신기를 받아 내었다. 그녀가 그 힘으로 한 일들을 생각하면 그 자리에서 죽어 소멸했어도 이상하지 않았다.

그런데도 살아남은 것은 하늘이 그녀에게 허락한 수명이 그만큼 길었기 때문이었으리라. 또한 자신의 수명을 남김없이 써서 상황을 타파하기에는 예령공주의 기량이 미숙했던 탓이기도 했다. 그녀는 천유하를 소생시킨 시점에서 더 이상 신기를 다루는 부담을 견디지 못하고 형운에게 뒷일을 맡겼으니까.

"예령아……."

운희는 괴로운 듯 표정을 일그러뜨렸다.

그녀는 예령공주가 태어나는 그날부터 걸음마를 하고, 말을 배우고, 자라나는 모습을 애정 어린 눈길로 보아왔다. 그렇기에 예령공주가 자신의 인생을 제대로 살아보지도 못하고 죽는다는 것을 알자 너무나 마음이 아팠다.

더 고통스러운 것은 예령공주에게 해줄 수 있는 일이 아무 것도 없다는 사실이다. 마음만 먹으면 한순간에 수천 리를 가고 천재지변을 일으킬 수 있는 힘이 있으면 무엇 하는가? 자신이 아끼는 인간의 죽음도 막지 못하는 것을.

'진야의 마음이 이러했는가.'

운희는 무력감을 곱씹으며 눈을 질끈 감았다.

"예령은 내가 황실로 데려가도록 하마. 일이 끝나면 내가 다시 와서 너희들을 다시 일야문으로 데려다주도록 할 것이다."

운희는 그렇게 말하고는 예령공주를 데리고 황실로 돌아갔다.

3

형운 일행은 그 후로 이틀간 마계화 영역 앞에서 야영하며 사태를 지켜보았다.

그사이 마계화 영역 밖으로 요괴들이 나타나기는 했지만 거의 간행이들뿐이었다. 우려했던 민름의 큰일은 일어나지 않고 마계화 영역이 소멸했다.

그동안 속속 집결한 관군들이 천두산 일대의 정화 작업에 들어갔다. 그리고 생존자들을 제도로 후송하는 작업이 이루어졌다.

떠나기 전에 거인 위사 가염이 정중하게 인사했다.

"공주 마마를 구해주신 것, 정말 감사드립니다."

"감사는 제가 해야겠지요. 구함받은 것은 제 쪽이었습니다."

고개를 저은 천유하가 말했다.

"황궁에 돌아가셔서 깨어나신 마마를 다시 뵙게 된다면, 제 말을 전해주시겠습니까?"

"말씀하시지요."

"약속대로 기다리겠다고, 꼭 오실 거라고 믿고 기다릴 거라고⋯ 그렇게 전해주십시오."

그 말에 가염은 슬픈 건지 기쁜 건지 알 수 없는 얼굴로 고개를 끄덕였다.

"알겠습니다. 꼭 전해 드리겠습니다."

두 사람의 대화를 들으면서 형운은 생각했다.

예령공주를 향한 형운의 시각은 어린 시절에 형성된 선입견에 사로잡혀 있었다.

첫인상은 결코 좋지 않았다. 그때의 예령공주는 고결한 희생과는 거리가 먼 천방지축이었으며 남의 사정 따위는 배려할 줄 몰랐다.

고귀한 신분으로 태어나 남에게 자신을 배려하게 하는 권력을 공기처럼 당연하게 여기는 소녀. 그것이 형운의 그녀에

대한 인식이었다.

그래서였을 것이다. 형운은 자신이 그녀의 천유하에 대한 마음이 어떠한지 깊게 생각해 보지 않았다.

천유하가 그녀를 위험에서 구해주었으니 콩깍지가 씌어서 좋아하는 것이다, 그렇게만 여겼다. 황궁에 갈 일이 있을 때마다 천유하를 제 사정대로 귀찮게 휘둘러 대는 것도 짜증 났다.

그리고 그 후로 시간이 흐르는 동안 천유하는 예령공주와 만날 기회가 없었다. 그녀가 뭔가 명분을 만들어서 천유하를 초대하거나 만나러 오는 일도 없었기에 한때의 열병처럼 품었던 마음이 나이를 먹으면서 식었으리라 생각했다.

하지만 사실은 그렇지 않았다. 예령공주에게서 운룡기를 전해 받았던 그때, 형운은 그녀의 마음이 너무나 진실함을 느끼고 놀랐다.

그녀는 오로지 그 마음을 전하기 위해서만 살아왔다. 천유하와의 인연이 그렇게나 옅었는데도 그녀의 삶은 오로지 그의 앞에 서기 위한 여정이었다.

그 사실은 형운의 가슴에 큰 울림을 던져주었다. 예령공주의 처지가 안타까워서 눈물이 날 것 같았다.

'공주 마마……'

그녀에게 해줄 수 있는 일이 없을까 고민하던 형운은 한 가지 좋은 생각을 떠올렸다.

가염이 떠나가고 나서 얼마 후, 약속대로 운희가 찾아와서 형운 일행을 일야문으로 돌려보내 주었다.

형운과 가려, 천유하, 마곡정은 천두산에 있는 동안에는 거의 이야기를 나누지 못했다. 주변의 분위기가 온통 심각하고 침통했기 때문이었고 신경 쓸 일이 많았기 때문이었다.

이렇게 일야문에 돌아오고 나자 이제야 일이 마무리되었다는 기분이 들면서 긴장이 풀렸다.

"후우, 이번에도 다들 무사히 돌아와서 다행이야."

"공자님."

문득 가려가 입을 열었다.

"그때… 저희보고 먼저 피신하라고 했을 때는 무슨 일이 있었던 겁니까?"

"아, 그때는……."

형운이 천두산 결계를 수복하는 과정에서 있었던 일을 설명해 주었다. 그러자 가려가 안도의 한숨을 쉬었다.

"감격했습니다."

"음? 뭐가요?"

"공자님께서 그런 상황에 대뜸 자기 목숨 던질 생각부터 하지 않고 그런 합리적인 방법을 궁리하시다니, 정말 감격스럽군요. 앞으로도 계속 그래주셨으면 좋겠습니다."

"……."

"뭐, 그게 형운의 특기이기는 하지만 이번에는 그건 이놈 몫이었죠."

마곡정이 장난스럽게 화살을 돌리자 천유하가 쓴웃음을 지었다.

"그때는 정말 어쩔 수가 없었어."

"형운도 매번 그렇게 말하더라."

"그렇게 말하는 곡정이 너도 설산에서 그랬던 전적이 있다만?"

"나야말로 그때는 진짜 어쩔 수 없었지."

"이 뻔뻔한 자식."

다들 남 구하겠다고 자기 목숨 던져본 경험이 한 번 이상은 있는 사람들이다 보니 이런 걸로 웃고 떠들 수 있었다.

그리고 사실 그 점에 있어서는 가려도 일방적으로 비난할 처지가 못 되었다. 암해의 신에게서 형운을 구해내겠다고 자기 목숨을 던졌던 과거가 있었으니까.

천유하가 부탁했다.

"이번에 그랬던 일은 일야문 사람들에게는 비밀로 해줘. 잘 끝난 일인데 걱정시키고 싶지 않거든."

"알았다."

다들 천유하의 마음을 이해했기에 고개를 끄덕였다.

천유하는 한 번 죽었다가 살아난 몸치고는 멀쩡해 보였다. 그러나 후유증이 없는 것은 아니다. 피로가 극심해서 한동안 은 얌전히 정양해야 할 상태인 데다 종종 환통(幻痛)이 찾아 오고 있었다.

몸이 마기에 침식당해서 죽어가던 때의 아픔을 종종 재현 하는데 형운이 일월성신의 진기를 불어넣어 줘도 해결이 안 되었다. 이 증상은 과연 시간이 지난다고 해서 나을지 장담할 수 없었다.

형운이 말했다.

"한번 우리 쪽에 찾아와. 우리 쪽 의료원에서 진맥을 받아 보자."

"그렇게 할게."

천유하가 순순히 형운의 배려를 받아들였다. 무인에게는 큰 장애가 될 수 있는 문제였기에 신세를 질 수 없다느니 하 는 허세를 부리지 않았다.

일야문으로 돌아간 그들은 천두산에서 있었던 일들을 모 두에게 이야기해 주었다. 물론 천유하가 한 번 죽음을 겪고 살아난 것을 포함해서 감출 것은 감추었지만 그것만으로도 모두가 놀랄 만한 무용담이었다.

수련산의 남방산군인 허화는 그 이야기를 심각하게 받아들였다.

"흑영신교가 무서운 광신도 집단이라는 것은 익히 아는 바였지만 이번 일은 정말 섬뜩하군. 마경과 인접한 곳이라면 어디든지 이번 같은 재앙에 휘말릴 수 있다는 것 아닌가?"

"그렇지요. 아마 당분간은 황실에서 전국 각지의 마경에 인력을 배치하여 경계할 것으로 보입니다."

"인간들만 경계해서 될 일은 아닌 것 같다. 영수들에게도 알려두는 편이 좋겠어."

"동감입니다."

다른 영수들도 고개를 끄덕였다. 수련산의 영수들에게도, 백령회에게도, 그리고 다른 영수 집단에도 전해서 경계하고 방비해야 할 일이었다.

5

그날 밤에는 평소보다 훨씬 거창하게 잔칫상을 차리고 떠들썩하게 먹고 마셨다. 음식이 어찌나 많은지 다들 먹다 먹다 배가 터질 것 같아서 포기했을 정도였다.

뒷정리를 도우려고 했다가 가서 쉬거나 하라고 쫓겨난 형운은 뒷마당에서 밤하늘을 올려다보았다.

마계화 영역에 머무르는 시간 동안 혼돈의 하늘만 보아서 그럴까. 이렇게 달이 선명하고 별이 아름답게 빛나는 밤하늘을 보고 있는 것만으로도 묘한 감동이 몰려온다.

어쩌면 그래서였을 것이다.

형운이 불쑥 치민 충동을 굳이 자제하지 않은 것은.

"누나."

"예."

허공에서 가려의 목소리가 대답했다. 형운이 그녀가 있는 곳을 바라보며 말했다.

"얼굴 좀 보여줄래요?"

"싫습니다만."

"에이, 좀 보여줘요. 얼굴 보고 하고 싶은 이야기가 있어서 그래요."

형운이 장난스럽게 조르자 가려는 떨떠름한 표정으로 은신을 풀었다.

그녀가 물었다.

"무슨 이야기입니까?"

"음, 그러니까… 사실은 전에 하려던 이야기였어요. 왜 그때, 새로 만들 조직에 대해서 이야기했을 때 있잖아요."

"……."

그 말에 가려도 짚이는 구석이 있었다. 왠지 형운이 뭔가 말을 하려다가 얼버무린 적이 있지 않았던가?

'왜지?'

가려는 얼굴이 살짝 뜨거워지는 것을 느꼈다.

이상한 예감이 든다. 그 예감이 정확히 무엇인지 모르겠다. 얼굴이 뜨거워지고 가슴이 뛰는데, 좋은지 나쁜지도 알 수 없고 그저 혼란스러울 뿐이다.

'왜일까?'

그리고 왜 지금 이 순간에 허화가 자신을 불러서 사과하면서 했던 이야기가 뇌리를 스쳐가는 것인지 알다가도 모를 일이다.

형운은 달을 올려다보며 볼을 긁적이다가 에라 모르겠다, 하고 마음속의 말을 던졌다.

"누나, 좋아해요."

"예?"

"오해할까 봐 덧붙이는데… 호위무사라서 좋다, 가족 같은 사람이라 좋다, 그런 뜻으로 하는 말이 아니에요. 누나를 연모한다, 연인이 되고 싶다. 그, 그리고 기왕이면 장차 누나와 혼인해서 가정을 이루고 싶다! 그런 의미예요."

형운은 숨도 안 쉬고 단숨에 말해 버리고는 크게 숨을 들이쉬었다.

동시에 그의 얼굴이 달빛 아래서도 알아볼 수 있을 정도로 확 붉어지면서 옆으로 시선을 피했다.

'아, 심장 떨려. 암월령한테 맞았을 때도 이 정도는 아니었는데.'

차라리 목숨 걸고 싸우는 쪽이 더 마음이 편할 것 같다.

또 한 번 목숨이 오락가락하는 큰일을 겪고 왔더니 감정이 파도쳐서 충동적으로 저지르고 말았는데 과연 이래도 되는 것일까?

'아냐. 후회하지 말자.'

형운은 흔들리는 마음을 다잡았다.

어차피 자신의 마음은 정해져 있었다. 이미 오래전부터 그랬으니 언젠가는 이 순간을 맞이해야 했을 것이다.

'만약 천두산의 싸움에서 패해서 죽기라도 했다면, 죽는 순간에 얼마나 후회했을까?'

그럴 바에는 차라리 부딪쳐 깨지는 편이 낫다. 평생 그 상처를 안고 살아가게 된다고 하더라도.

형운은 해일처럼 밀려오는 부끄러움을 이겨내고 가려를 바라보았다. 고개를 들어 가려를 바라보기까지의 순간이 영원처럼 길게 느껴졌다. 항상 곁에 있던 상대의 눈을 바라보는 것뿐인데, 그뿐인데 왜 이렇게 두려운 기분이 드는 것인지 알 수가 없었다.

그리고 마침내 두 사람의 눈이 마주쳤다.

"……."

순간 형운은 숨이 멎을 것만 같았다.

형운의 얼굴이 그런 것처럼 가려의 얼굴도 달빛 아래서도 알아볼 수 있을 정도로 새빨갛게 달아올라 있었다.

하지만 형운이 넋을 잃은 것은 그래서만은 아니었다.

가려가 그러면서도 도망치지 않고 자신을 똑바로 바라보고 있었기 때문이다.

다른 사람이라면 그게 뭐 대단한 일인가 싶을 것이다. 하지만 형운만은 안다. 가려에게 있어서 저 행동이 어떤 의미인지를.

지금까지의 가려라면 저런 표정으로 그 자리에 서 있었을 리 없다. 얼굴을 가리거나 은신술로 도망쳤으리라. 그녀에게 있어서 사람의 눈길을 피한다는 것은 마치 몇몇 짐승이 자연지물에 의태함으로써 몸을 숨기는 것 같은 본능이나 다름없어서, 그런 충동이 일어났는데도 억누르고 사람을 바라본다는 것은 보통 의지로 되는 일이 아니었다.

가슴이 뛴다.

'누나가…….'

숨결이 뜨겁다.

'…나를 보고 있어.'

그렇게나 단순한 사실 하나만으로 온몸이 녹아내리는 것

같은 착각이 들었다.

주변은 아무것도 달라지지 않았다. 그런데도 마치 세상 전체가 침묵에 휩싸인 것처럼 아무것도 들리지 않았다. 그저 가려의 입술이 열리고 그녀의 목소리가 흘러나오기만을 기다릴 뿐.

형운에게는 영겁처럼 느껴지는 기다림이 끝나고 가려가 말했다.

"…어째서입니까?"

"네?"

형운은 얼빠진 반문을 하고 말았다.

'예' 아니면 '아니요', 두 가지 대답 중에 하나를 기다리고 있다 보니 예상치 못한 물음에 기습을 받은 것처럼 혼란스러워졌다.

가려가 여전히 새빨개진 얼굴로 재차 물었다.

"왜 접니까?"

"그야……."

급하게 대답하려던 형운은 잠시 말을 멈추고 호흡을 고른 다음 말했다.

"누나는 말했죠. 제 곁을 떠나고 싶지 않다고."

가려는 몇 번이나 그렇게 말해왔다. 그때마다 형운의 가슴은 세차게 뛰었지만 그것이 연심임을 깨닫기까지는 오랜 시간이 걸렸다. 그리고 지금 이 순간까지도 가려의 마음이 자신의 마음과 같은지 확신할 수 없었다.

"저도 마찬가지예요. 어려서부터 늘 누나가 곁에 있는 게 당연했어요. 이제는 누나가 없는 삶을 상상하기도 어렵고, 무엇보다 누나가 없는 삶은 싫어요."

어린 시절부터 지금까지 죽 생각해 왔다.

"나는 좋은 사람을 만나서 행복한 가정을 이루고 싶었어요. 그게 내 꿈이었어요."

그 가정의 형태는 구체적이지 않았다. 분명 그것을 동경하고 있는데도 막연하기만 한 것은 형운이 어린 시절에 부모님을 잃고 고아로 자랐기 때문인지도 모른다. 살면서 행복한 가정이라는 것을 경험해 본 적이 한 번도 없고 남이 그렇게 사는 것을 멀리서 바라보기만 했으니까.

하지만 그렇기에 형운은 보편적인 시각에 얽매이지도 않았다. 행복한 가정이 어떤 모습인지는 다른 누군가가 정해주는 것이 아니다. 자신이 진심으로 사랑하는 사람과 함께할 수 있다면 가정의 형태는 어떻든 상관없다.

"지금은 누나 빼고 나는 사람과 함께하는 자신을 떠올릴 수가 없어요."

가슴이 뜨겁다. 머리도 뜨겁다.

내뱉는 숨이 불덩이가 된 것만 같다.

형운의 대답을 들은 가려는 잠시 동안 침묵했다. 그리고 재차 물었다.

"그렇다면 왜… 지금이었습니까?"

"솔직히 예령공주 마마 때문이었지요."

형운은 쓴웃음을 지었다.

"그분의 모습을 보고 나니 저 자신이 한심하고 부끄럽게 여겨졌어요. 왜 나는 후회할 것을 걱정하면서 후회할 짓을 하고 있는 걸까. 마음을 고백하고 나서의 일이 괴롭다면, 고백하지 않고 삶이 끝나 버렸을 때의 일도 두려워해야 할 것인데."

이 마음을 분명한 형태로 만들고 싶었다. 언제까지고 모호한 채로 두고 살아간다는 선택지도 있었겠지만, 한번 자각한 욕망은 도저히 그것으로 만족할 수가 없었다.

"제가 할 말은 그게 다예요. 누나, 대답해 주시겠어요?"

그렇게 묻는 형운의 목소리는 떨리고 있었다. 그 목소리에 실린 감정이 손으로 만질 수 있을 것처럼 선명하게 느껴져서 가려는 가슴에 손을 얹고 말했다.

"…솔직히 잘 모르겠습니다."

순간 형운은 쿵, 하고 가슴에 돌덩이가 내려앉는 착각을 느꼈다.

하지만 가려의 말은 끝난 것이 아니었다.

"공자님 곁을 떠나고 싶지 않다는 말에는 한 치의 거짓도 없습니다. 늘 그랬습니다."

이 사람 곁에 있고 싶었다. 이 사람이 자신을 바라보는 눈길이 좋았다. 이 사람의 자신을 향해 던지는 말이 좋았다. 웃는 얼굴이 좋았고, 바보 같은 행동을 할 때마다 어처구니가 없어서 고개를 절레절레 저으면서도 한편으로는 그런 모습을 싫지 않다고 생각하는 마음이 드는 것이 당황스럽기도 했다.

"저는 제 미래를 상상하기 어려웠습니다. 무언가를 이루고 싶다는 야심도, 출세하고 싶다는 욕망도 전부 마치 먼 곳의 불구경을 하는 것만 같았지요. 그 사람들이 이야기하는 미래에 저를 대입해서 상상해 봐도 공허할 뿐이었습니다."

형운은 언젠가 가려와 나눴던 대화를 떠올렸다.

분명 무일이 아직 살아 있던 시절의 일이었다. 양진아의 초대를 받고 청해군도를 향해 떠났을 때, 국경도시 운지에서 야경을 내려다보며 그런 이야기를 했었다.

가려는 그때는 말로 하지 못하고 마음속으로만 떠올렸던 이야기를 했다.

"오래전부터 제게는 공자님이 편안하게 바라볼 수 있는 불빛과도 같았지요. 공자님이 꿈을 이야기하실 때마다 그 꿈을 이룬 공자님을 보고 싶다고 생각했습니다."

그럴 때마다 가려는 신기한 감각을 느꼈다.

스스로의 미래를 상상해 봐도 아무것도 느껴지지 않고 공허할 뿐인데, 형운의 미래를 상상해 보면 가슴이 뛰었다. 그 곁에 있는 자신을 상상하면 슬며시 미소가 지어졌다.

"이 마음이 공자님의 마음과 같은 건지 저는 모르겠습니다. 하지만 한 가지만은 분명합니다. 새삼스럽지만, 지금 더 분명해진 것 같습니다."

"그게 뭐지요?"

"저는 공자님 곁을 떠나고 싶지 않습니다. 무슨 일이 있어도 계속 공자님의 곁에 있고 싶습니다."

가려는 그렇게 말하며 형운에게 한 걸음 가까이 다가왔다.

서로의 숨결을 느낄 만큼 가까워지자 가려는 형운을 올려다봐야 했다. 그리고 그 상황에서 세월의 흐름을 느꼈다.

가려가 처음 형운의 호위무사로 배치되었을 때, 형운은 새파랗게 어린 꼬맹이였다. 가려 역시 지금에 비하면 어린 나이였지만 그때는 형운보다 눈높이가 높았다.

하지만 시간의 흐름 속에서 형운은 장성하였고, 두 사람의 눈높이는 역전되었다.

그만큼이나 오랜 시간을 두 사람은 서로의 곁에 있는 것을 당연하게 여기면서 살아왔다.

한 걸음 한 걸음 다가오는 가려를 보던 형운은 결국 참지 못하고 그녀를 와락 끌어안았다. 서로의 온기는 물론이고 심장 고동까지도 선명하게 느껴지는 가운데 그가 그녀의 귓가에 속삭였다.

"사랑해요, 누나. 이 목숨이 다하더라도 계속."

"아마도……."

가려는 망설이는 듯하더니 천천히 양팔을 들었다. 그리고 형운을 마주 끌어안으며 속삭였다.

"저도 그런 것 같습니다."

그렇게 두 사람은 마침내 서로의 마음을 확인했다.

6

그리고…….

"거참, 오늘 밤은 셋이 술 먹기는 다 틀렸군."

뒷정리가 끝난 주방에서 마곡정이 술병을 든 채로 작게 중얼거렸다.

그 앞에 앉아 있던 천유하가 조심스럽게 물었다.

"잘됐어?"

"형운 그 바보 자식이 드디어 해냈다."

형운의 가려늘 향한 고백은 주방에서 제법 떨어진 한적한 곳에서 이루어졌다. 하지만 청룡과 합일한 마곡정은 인간의 모습을 한 대영수나 다름없는 자. 이곳에서 숨죽이고 청각을 극대화하는 것만으로도 두 사람의 말소리를 들을 수 있었던 것이다.

마곡정에게서 그 이야기를 듣고 숨죽인 채로 결과를 기다리고 있던 천유하가 미소 지었다.

"그럼 오늘은 오랜만에 둘이서만 마시지."

"간만이라. 우리가 둘이서만 마신 적이 있긴 있었냐?"

"음, 없었던가?"

"간만이 아니고 처음이다. 뭐, 그것도 나쁘지 않군. 안줏거리도 충분하고. 저 녀석 놀리는 건 내일 하자고."

마곡정이 히죽 웃으면서 몸을 일으켰다. 천유하 역시 웃으면서 그를 따라나섰다.

제182장
논공행상(論功行賞)

성운을
먹는 자

1

타인의 기억을 받아들인다는 것은 마치 기나긴 꿈을 꾸는 것과도 같은 감각이었다.

그 꿈은 더없이 생생한 악몽이다. 고통의 비명을 지르면서 악몽에서 깨어나면 자신이 보고 있는 현실에 대한 감각이 흐릿해지면서 꿈과 현실의 경계가 모호해진다.

분명 지금 살아 숨 쉬고 있는 현실인데도 그 사실을 확신할 수가 없다.

자신은 정말 살아 있는 것일까? 이미 죽은 망령에 불과한데 살아 있다고 착각하는 게 아닐까?

'나는 나인가?

정말 나는 내가 맞는가? 악몽의 주체였던 누군가가 아니라?

그 혼돈이 가라앉은 것은 긴 시간이 지난 후였다.

명상에서 깨어난 흑영신교주가 물었다.

"시간이 얼마나 지났는가?"

"닷새하고 세 시진(6시간)입니다."

어둠 속에 대기하고 있던 흑천령이 대답했다.

교주가 긴 한숨을 쉬며 몸을 일으켰다.

"길었군."

죽은 암월령과의 통합 과정은 힘겨웠다.

마계화 영역에서 직접 신에게 바쳐졌기에 그 정수를 성지로 운반해 오는 과정 없이도 완전한 통합이 가능했지만 그만큼 교주에게 큰 부담을 주었다.

'암월령, 이것이 너의 절망이었느냐.'

교주는 암월령의 마음을 보았다. 그녀의 아픔이, 울분이, 사명감이, 그리고 절망까지도 남김없이 교주의 일부가 되었다.

'선풍권룡, 암월령의 절망이며 나의 숙적이여.'

교주는 암월령을 통해 형운을 보았다. 암월령은 죽음을 대가로 지금의 형운이 얼마나 무서운 존재가 되었는지 확인했다.

'그래, 네 말대로다. 나는 쉽지 않을 것이다.'

교주는 암월령에게 던진 형운의 말에 대답했다. 그리고 흑천령에게 말했다.

"그동안의 일을 보고해라."

"흑암검수께서 신성한 의무를 다하고 흑암정토에 드셨습니다."

"보았다."

대마수 흑암검수는 장구한 세월 동안 흑영신교의 수호마수로 봉사해 온 일등공신이다. 그런 존재가 죽음을 맞이했다는 사실에 탄식을 금할 수 없었다.

흑천령이 말을 이었다.

"천두산의 결계는 운룡족들에 의해 봉합되었습니다."

"그놈은 욕망을 포기함으로써 더 큰 것을 얻는 법을 알고 있다. 그리고 매번 그놈에게 그런 기회가 주어진다는 것이 문제다."

교주가 혀를 찼다. 흑천령의 보고가 이어졌다.

"그러나 이번 의식의 여파로 천두산 일대는 당분간 요괴가 날뛰는 곳이 될 듯합니다. 하운국 황실은 사태가 안정될 때까지 5천의 군대를 천두산 일대에 주둔시키기로 했습니다."

"소득이 없지는 않았군."

"청운성과 백운성 쪽은 목적한 바를 달성했습니다."

흑영신교는 천두산만이 아니라 청운성과 백운성의 마경에서도 동시에 마계화 영역을 열었다.

다만 진짜는 천두산 쪽이었고 다른 두 곳은 어디까지나 단기간의 혼란으로 하운국 황실의 대응을 어렵게 할 목적이었다. 그 의도는 제대로 먹혀들어서 하운국 황제는 천두산에 두 명의 운검위밖에 보낼 수가 없었다.

청운성에 한 명, 백운성에 한 명을 보낸 상황이니 모조품이 아닌 진짜 운룡검을 쓰는 운검위가 한 명 남기는 했다. 하지만 만약 시간 차로 또 다른 곳에서 일이 터지기라도 하면 그때는 대책이 안 서니 대기시켜 둘 수밖에 없었던 것이다.

"아마 신기(神氣) 소모가 보통이 아닐 테지."

그것만으로도 전략적 목표는 달성했다고 할 수 있었다.

충분한 성과였지만 그럼에도 흑영신교의 전략은 현명하다고 할 수 없었다. 얻은 것이 많아 보이지만 그만큼 많은 것을 희생했기 때문이다.

이번 일을 위해서 스스로를 제물로 바쳐 희생한 교도의 수는 무려 3천 명을 넘었으며 그 결과 흑영신교는 조직을 대폭 축소해야 할 상황에 몰렸다.

하지만 흑영신교는 상식적인 손익의 계산법이 통용되는 전쟁을 치르고 있는 것이 아니었다.

그들은 단 한 번의 싸움에서만 이기면 된다. 설령 모든 교도가 몰살당하고 조직이 붕괴하더라도, 그렇게만 되면 위대한 승리를 거두는 것이다.

패배한 이후의 일 따위는 고민하지 않는다. 조직의 존속도 걱정할 필요 없다. 흑영신교는 오로지 단 한순간을 위해 모든 것을 불태우고 있었다.

생각에 잠겼던 교주가 말했다.

"술사들에게 의식을 준비시켜라."

"어떤 의식입니까?"

"구체적으로 준비할 필요는 없다. 그건 내가 알아서 할 것이다. 그리고 흑천령 그대도 함께 의식을 치를 준비를 하도록."

"제가 말씀입니까?"

흑천령이 의아함을 드러냈다.

그가 팔대호법의 수장 역할을 하고 있기는 하지만 그것은 어디까지나 그가 지금까지 교에 헌신한 것에 대한 예우 차원이다. 흑천령은 예전 토벌 당시 입은 부상을 회복하지 못했고, 시간의 흐름 속에 노쇠하여 스스로 팔대호법이라 칭하기에 부끄러울 정도로 약해져 있었다.

물론 그렇다고 해서 대업의 그날에 무력하게 대기할 생각은 없다. 강시화나 요괴화, 혼원의 마수처럼 흑영신교가 개발해 온 수많은 난기결전용 비술이 그에게 목숨을 대가로 싸울 기회를 제공해 줄 것이다.

교주는 설명하는 대신 추가로 명령을 내렸다.

"그리고 만마박사를 불러오도록 하라."

"알겠습니다."

흑천령은 의문을 접어둔 채 명에 따랐다.

곧 교도의 손에 들려온 만마박사가 물었다.

"오늘은 무슨 일로 이 해골바가지를 부르셨소이까?"

"그대가 한 가지를 선택해 주었으면 해서다."

"선택?"

"만마박사여, 새삼스럽지만 나는 그대에게 감사하고 있다. 그대가 과거 교를 위해 공헌한 것도, 신성한 의무를 다해 흑암정토에 든 성인(聖人)이면서도 그런 비루한 모습으로 연옥에 남아 지금의 우리를 도와준 것도."

"갑자기 이 해골에 금칠을 해주시는구려."

"그런 그대에게 이런 요구를 하는 것은 무례하다고도 생각되는구나. 하지만 그럼에도 묻겠노라."

불현듯 교주의 뇌리에 암월령과 싸웠던 형운의 모습이 떠올랐다.

그 전투에서 형운은 놀랍도록 능숙하게 신기를 다루는 모습을 보여주었다. 운검위가 경악할 정도로.

하지만 그의 한계는 명백하다. 더없이 효율적이라고는 하나 결국은 자신의 무공과 무극지경의 영능을 확대하는 방식으로 쓰고 있었으니까.

교주는 고절한 무인이며 동시에 최강의 술사이다. 환예마

존 이현이 죽은 지금 교주와 비교할 만큼 뛰어난 술사의 존재
는 희귀하리라. 특히 사술에 대해서는 말할 것도 없다.

그렇기에 교주는 신기로 형운은 엄두도 못 내는 일들을 계
획할 수 있었다.

"그대에게 무인으로서 교를 도울 기회가 온다면 어찌하겠
는가?"

2

일야문의 하루하루는 이전과 다름없이 활기차게 흘러갔다.

다만 천유하는 천두산에서 죽었다가 소생한 후유증이 있
기에 한동안은 무공 수련을 손에서 놓았다. 은수와 은우에게
기본기를 지도하고 문답을 나누는 정도만을 했고, 그 외의 수
련은 다른 이들에게 맡겼다.

그 역할은 대체로 영수들이 맡아주었지만, 이번에는 마곡
정이 적극적으로 나서주었다.

"어쩌 너한테는 매일매일 놀라게 되는군."

마곡정과 은수와 은우의 수업에 대한 이야기를 나누던 천유
하가 헛웃음을 지었다. 그러자 마곡정이 눈을 살짝 치켜떴다.

"왜?"

"척마대 부대주로 일한 경력이 있으니 교관 역할은 잘할

거라고 생각했어. 하지만 애들 상대를 잘할 줄은 몰랐거든."

은수와 은우는 마곡정을 대하기 어려워했다.

그건 마곡정의 태도 때문이 아니라 외모 때문이었다. 그는 정말로 보고 있노라면 현실감이 옅어질 정도로 아름다운 외모의 소유자인 것이다. 예전에도 설풍미랑이라는, 남자로서는 별로 달갑지 않은 별호로 알려졌던 마곡정이지만 지금 모습으로 본격적인 활동을 시작하면 아마 전설적인 명성을 얻게 되지 않을까?

어쨌거나 마곡정이 무공을 지도해 주기 시작하자 은수와 은우는 그를 많이 가깝게 여기게 되었다. 마곡정이 능숙하게 그들을 대했기 때문이다.

마곡정이 피식 웃었다.

"난 또 뭐라고. 일족에서 애들 상대해 본 가락이 있어서 그렇지. 그리고 척마대 견습생 애들 가르쳐 본 경험도 있거든."

"척마대에서 안 해본 일이 없는 것 같아."

"그야 창설 때부터 같이하다 보면 그렇게 되지. 전폭적인 지원을 받으면서 했는데도 조직 하나 만들어서 굴리는 게 쉬운 일이 아니더라고. 정말 별의별 경험을 다 했었지."

"그 점은 나도 느끼고 있어. 형운이 도와주지 않았으면 어땠을지……."

천유하가 쓴웃음을 지었다.

만약 자신이 조검문도가 아니었더라면, 그래서 온전히 일야검협의 진전을 이어 일야문주가 되었더라면 일이 훨씬 쉬웠을지도 모르겠다. 하지만 은수와 은우에게 그 진전을 전해서 일야문을 부활시킨다는 복잡하게 꼬인 사정이 있다 보니 답답한 점이 한둘이 아니었다.

문득 마곡정이 화제를 돌렸다.

"그러고 보니 형운 이놈은 참, 영 재미가 없네."

"왜?"

"어째 둘이 맺어져 놓고도 별로 변한 게 없는 것 같지 않냐?"

"남들 앞에서 애정 행각 하는 것과는 거리가 멀어 보이는 한 쌍이기는 하지."

형운이 가려에게 마음을 고백하고 두 사람이 연인으로 맺어진 지도 벌써 닷새가 흘렀다.

하지만 다른 사람들의 눈에 보이는 두 사람의 모습은 변한 게 없었다. 여전히 가려는 은신해서 모습을 볼 수 없었고, 종종 형운이 한쪽을 애정 어린 눈길로 바라보는 것으로만 존재를 확인할 수 있을 따름이었다. 식사 시간 등 사람들 앞에 모습을 드러낼 때도 두 사람이 서로를 대하는 태도가 별로 다르지 않아서 정말 사귀고 있는 게 맞는가 싶은 기분이 들었다.

천유하가 말했다.

"너무 오랫동안 서로가 곁에 있어 와서 그런 것 아닐까. 일반적으로 남녀가 맺어질 때하고는 거리감이 전혀 다르잖아."

"그렇기야 하지. 그래도 영 재미가 없단 말이지."

"그만큼 놀렸으면 되지 않았냐?"

천유하가 혀를 끌끌 찼다. 마곡정은 말은 이렇게 하고 있지만 그 후로 술자리에서 형운을 놀려대면서 충분히 잘 즐기고 있었던 것이다.

마곡정이 흥, 하고 코웃음을 쳤다.

"되긴. 어림도 없지. 질릴 때까지는 놀려먹어야 하지 않겠냐?"

"애냐."

"내가 어린 시절을 좀 불우하게 보내서 그런지 사회적인 평판이 상할 부담 없이 애처럼 굴 기회가 오면 놓치고 싶지 않더군."

"못 당하겠군. 대영수가 되더니 말솜씨도 같이 늘었냐?"

"뭐, 그건 됐고. 슬슬 황실에서 이야기가 올 때가 되지 않았나?"

황실, 그리고 운룡족이 논공행상으로 형운과 가려, 마곡정, 천유하 네 사람을 부를 때가 되었다. 천유하가 고개를 끄덕였다.

"운룡족이 미리 기별을 하고 오지는 않을 테니 오늘이라도 불쑥 나타나도 이상하지는 않지."

"빨리 왔으면 좋겠네. 어떻게 할지 다 정해놨는데 언제 올까 기다리는 것도 꽤 인내심을 긁는 일이라."

마곡정의 말에 천유하가 잠시 말없이 그를 바라보았다. 마곡정이 의아해하며 물었다.

"왜?"

"새삼스럽지만… 고맙다."

"정말 새삼스럽구만. 뭐, 여기서 먹여주고 재워준 값이라고 치자."

"그럼 내가 숙식비를 바가지 씌운 못된 놈이 되는 건가?"

"그 정도는 감수하시지?"

마곡정의 말에 천유하는 결국 웃음을 터뜨리고 말았다.

3

날씨는 맑았지만 2월의 공기는 여전히 차가웠다.

형운은 내뱉는 숨결이 하얗게 흩어져 가는 것을 보며 산을 올랐다.

아니, 그걸 산을 오른다고 하는 게 옳은지 모르겠다.

쏴아아아아…….

폭포를 가로지르면서 걸어 올라가고 있었던 것이다. 큰 폭포는 아니더라도 몸에 가해지는 부하가 어마어마한데 돌벽을 평지처럼 디디면서 성큼성큼 걸어 올라간다. 핵심은 기공을 일으키지 않고 맨몸으로 폭포수를 받아내는 것, 그리고 벽호공(壁虎功)의 힘 조절을 잘해서 발이 닿는 암벽을 손상시키지 않는 것이다.

그렇게 폭포 가로지르기를 마친 형운이 몸을 적신 물기를 빙백무극지경의 권능으로 날려 버리면서 숨을 토했다.

"후우."

"볼 때마다 생각하는 거지만 지나치게 편리해 보이는 힘이군요."

"그러게요. 하지만 굳이 쫄딱 젖어 있을 필요도 없잖아요?"

폭포 위에서 기다리고 있던 가려의 말에 형운이 씩 웃으며 대답했다.

가려가 물었다.

"훈련은 좀 되는 것 같습니까?"

"괜찮은 것 같아요. 내공을 4심까지 제약하니 조금이라도 힘 조절을 실수하면 바로 튕겨 나갈 것 같은 아슬아슬한 느낌이 들어서 딱 좋네요."

"역시 공자님한테는 유량이 좀 더 풍부한 폭포가 필요할 것 같군요. 하여튼 공자님 내공은 너무 무식해서……."

"형운."

"……."

"듣는 귀도 없잖아요. 형운이라고 불러봐요."

형운이 얼굴을 들이밀며 말하자 가려가 얼굴을 붉히며 고개를 돌렸다. 그러더니 떨리는 목소리로 말했다.

"다, 다른 사람 앞에서 실수할 것 같아서 싫습니다."

"좀 실수하면 어때요. 지금은 공식적으로 아무런 관계도 아닌데."

"…그러는 공자님도 아직도 저를 누나라고 부르시지 않습니까."

"아, 이건 그냥 입에 붙어서 그러는 거고요. 애칭 같은 거죠. 하지만 원한다면 가려라고 부를게요, 가려."

형운이 당당하게 말하자 가려는 귓불까지 빨개지고 말았다. 그녀가 뭐라고 말하려는 순간 형운이 벼락처럼 손을 붙잡았다.

"은신 금지예요."

완전히 마음을 읽힌 가려가 허둥거렸다.

"둘만 있을 때는 은신 안 하고 얼굴 보여주기로 했잖아요."

"아, 알겠습니다."

"말 나온 김에 그냥 다른 사람들 앞에서도 서로 이름 부르죠? 나중에 공적인 자리에 나갈 때라면 모를까, 지금은 딱히 그럴 이유도 없는데……."

"형운!"

가려가 황급히 말했다. 마치 기합성을 내지르는 듯한 기세였다. 연인의 이름을 부르는 달달함은 먼지만큼도 느껴지지 않는다.

"이제 됐습니까?"

"아니, 이건 좀 아니죠."

"원하는 대로 이름 불러 드렸지 않습니까?"

"칫, 알았어요. 뭐, 차근차근 익숙해지기로 하죠."

형운은 혀를 차고는 가려의 볼을 만지작거렸다. 가만히 그 손길을 받아들이던 가려가 물었다.

"뭡니까, 이건?"

"우리의 달라진 관계를 만끽하는 행위요."

"……."

"예전부터 누나를 만져보고 싶다고 생각했거든요. 근데 그런 마음이 든다고 여자를 막 만질 수는 없잖아요. 사귀는 사이라면 또 모를까."

"그 전에도 많이 만지시지 않았습니까."

"수련하면서 치고받은 걸 만졌다고 하면 안 되죠. 그냥 예전부터 이러고 싶었어요."

가려의 볼을 쓰다듬던 형운의 손길이 목덜미로 내려오더니 가만히 그녀를 끌어안았다. 그의 품에 안긴 채로 가려가 말했다.

"공자님은 정말 안는 걸 좋아하시는군요."

"형운."

"형운은."

가려는 부끄러워하기보다는 불퉁한 목소리로 정정했다. 하지만 형운은 그러거나 말거나 그녀를 끌어안고 있다는 사실이 마냥 좋았다.

마음을 고백하고 연인이 되었으니 당연히 두 사람의 관계도 변했다. 다른 사람들 앞에서는 거의 드러내지 않지만 형운은 둘만 있을 때는 소소한 것들을 요구했다. 은신하지 않고 모습을 보여줄 것이나 서로 이름을 부르는 것 같은 것들을.

"전에도 그러지 않았습니까? 오랜만에 보자마자 와락 끌어안고……."

"듣고 보니 그러네요. 내가 부모님 품에 안겨본 기억이 없어서 그런가?"

고개를 갸웃하던 형운이 장난스럽게 웃으며 말했다.

"누나, 그냥 안겨 있지만 말고 나 좀 안아줄래요?"

그 말에 가려의 얼굴이 다시금 확 붉어졌다. 그러다가 형운이 장난기 넘치는 분을 보고는 발끈했다.

"어라?"

가려가 형운을 안아주었다. 다만 그 형태가 형운이 기대한 것과는 많이 달랐다.

몸을 살짝 낮추더니 양팔로 번쩍 안아 들었던 것이다. 그녀 역시 초인적인 신체 능력을 지니고 있었기에 훨씬 덩치가 큰 남자를 이런 식으로 안아드는 것 정도는 아무것도 아니었다.

"아니, 누나. 이렇게 말고……."

"요구 사항은 분명히 해주시기 바랍니다. 어떻게도 해석될 수 있는 모호한 요구를 해놓고 원하는 대로 안 해줬다고 투정 부리는 사람, 최악이지 않습니까?"

"이건 그거하고는 다르잖… 우왁!"

가려는 흥, 하고 시선을 피하더니 형운을 폭포 밑으로 던져 버렸다.

풍덩!

아래쪽에서 물에 빠지는 소리가 울렸다.

그러자 가려는 깜짝 놀랐다. 형운이라면 분명 허공에서 자세를 바로잡고 허공답보나 수상비로 안전하게 내려설 거라고 생각했는데 물에 빠지다니?

당황한 그녀가 폭포 쪽으로 다가가는 순간이었다.

휙!

보이지 않는 힘이 그녀의 발목을 붙잡고 아래쪽으로 끌어 당겼다.

'아!'

그것이 형운의 허공섭물임을 안 가려는 곧바로 빠져나오

려고 했지만 한발 늦었다.

풍덩!

간발의 차로 그녀의 몸이 수면으로 떨어졌다.

"푸하!"

가려는 물에 빠지자마자 자세를 바로잡고 수면에 얼굴을 내밀었다. 먼저 얼굴을 내밀고 있던 형운이 웃었다.

"하핫, 당했죠?"

"이번만입니다. 두 번은 안 당합니다."

가려가 뾰로통한 얼굴로 고개를 홱 돌렸다.

'으아, 너무 귀여워!'

물에 홀딱 젖어서 토라진 모습이 너무나 귀여워서 참을 수가 없었다. 그리고 이제는 참아야 할 이유도 없었다. 형운이 물에 뜬 채로 가려를 와락 끌어안자 그녀가 버둥거렸다.

"놓으시죠."

"싫어요."

"놓게 만들어 드립니까?"

가려가 눈을 부라리자 형운은 싱글벙글 웃으면서 그녀를 놓아주었다. 그리고 그녀의 얼굴을 살며시 붙잡고는 자신의 얼굴을 가져갔다.

형운이 무엇을 하려는지 안 가려는 흠칫했지만 그것도 잠시, 눈을 감고 형운의 입맞춤을 기다렸다.

'응?'

그런데 어째 코앞까지 다가오던 형운의 숨결이 더 이상 다가오지 않고 다시 멀어지는 게 아닌가?

의아해하며 눈을 뜨자 형운이 얼굴을 새빨갛게 붉힌 채로 허둥거리는 게 보였다. 가려는 의아해하며 그의 시선을 따라갔고, 그리고…….

"응? 방해했구나?"

물가에 서서 자신들을 빤히 바라보는 어린 소녀를 보고는 돌처럼 굳어버렸다.

열 살도 안 되어 보이는 소녀였다. 그리고 누구나 한눈에 인간이 아님을 알아볼 수 있는 외모상의 특징을 지닌 존재, 운룡족이기도 했다.

"미안해. 그냥 당신들의 기운만 느끼고 날아와서……."

하나도 안 미안해 보이는 태도로 말하는 것은 천계 운룡군 대장군 운가휘의 외손녀, 운여였다.

4

운룡족이 인간을 보고자 할 때는 보통 운룡족 중에서도 축지의 달인으로 불리는 운희가 나선다.

하지만 운희는 예령공주의 곁을 한시라도 떠나고 싶지 않아 해서 다른 이가 나서게 되었는데, 운룡족 기준으로는 아직 어리기에 공무를 맡아본 적이 없는 운여가 자신이 형운 일행을 데리고 오겠다고 나섰던 것이다. 거창한 절차 없이 일야문으로 가서 네 사람을 데려오기만 하면 되는 일이었는지라 운룡족 어른들도 별 부담 없이 운여에게 일을 맡겨주었다.

'아니, 그러면 일야문으로 날아오면 되잖아. 왜 굳이 내 기운을 목표로 삼고 날아오냐고.'

형운은 너무나 민망했지만 그렇게 따지고 들어봤자 제 무덤을 파는 격이었기에 그냥 넘어가기로 했다.

일행이 준비할 건 별로 없었다. 어차피 축지로 한 번에 오가는 것이다 보니 의관을 단정하게 하기만 하면 되었다.

일야문의 영수 여성진이 천유하를 멋지게 꾸며주겠다고 부산을 떨었지만…….

"나 언제까지 기다리면 돼?"

운여의 순진무구한 한마디가 그들에게 '힘 빼고 적당히, 누구보다도 빠르게'를 강요했다.

그녀는 별생각 없이 정말 궁금해서 한 말이지만 하늘 같은 운룡족이, 그것도 황실의 사자로서 온 이가 그렇게 말하면 전혀 다른 뜻으로 들릴 수밖에 없다. 특히 그녀를 보기만 해도 위축되는 영수들 입장에서는 더더욱 그랬다.

"그럼 갈게."

형운, 가려, 마곡정, 천유하 네 사람이 준비를 마치고 주변에 서자 운여가 축지술을 펼쳤다.

'확실히 운희 님과는 다르군.'

운희가 축지술을 펼칠 때는 그녀가 가고자 하는 마음을 먹는 순간 아무런 조짐도 없이 주변 풍경이 바뀌어 있었다.

하지만 운여는 축지술을 펼치기 위해서 집중을 하는 시간이 서너 호흡 정도 걸렸고, 축지술을 펼치자 주변 공간이 일그러지면서 일행 모두를 감싸 안기까지 그 몇 배의 시간이 걸렸다.

그리고 공간을 뛰어넘어서 운룡궁에 도착하기까지는 일각(15분) 정도의 시간이 필요했는데…….

"내가 아직 미숙해서 당신들 다 데리고는 거기까지 한 번에 못 가. 두 번이면 될 줄 알았는데, 세 번은 필요하겠네."

운여는 세 번이나 축지술을 펼친 후에야 네 사람을 운룡궁까지 데려다놓는 데 성공했다.

운룡족을 볼일이 있으면 매번 운희가 데리러 와서 몰랐는데 다른 운룡족을 통해서 오니 확실히 그녀가 축지술의 달인이라고 불리는 이유를 알 수 있었다.

"수고했다, 운여."

운룡궁에 도착하자 천계 대장군 운가휘를 비롯한 여러 운룡족들이 일행을 기다리고 있었다.

"어서 오거라. 형운과 천유하, 다시 보게 되어 기쁘군. 그리고 두 사람은 처음 만났으니 자기소개가 필요하겠지. 나는 천계 운룡군의 대장군 운가휘라 한다. 그대들을 이곳으로 데려온 운여는 나의 외손녀지."

그 말에 가려와 마곡정이 깜짝 놀랐다. 눈앞의 미장부가 천계에서도 어마어마한 거물임을 알 수 있었기 때문이다.

"만나 뵙게 되어 영광입니다."

마곡정과 가려가 한쪽 무릎을 꿇고 고개 숙여 예를 표했다. 운가휘가 고개를 저었다.

"과례는 필요 없으니 일어나거라. 서로를 존중하는 자세만 갖추면 충분하느니라. 무엇보다 오늘 이 자리는 운룡족이 그대들의 공로에 감사하는 자리이니 더욱 그러하다."

두 사람이 일어나자 운가휘가 형운과 천유하를 보며 웃었다.

"하지만 이런 일로 같은 인간을 두 번 이상 보게 되다니, 내게 있어서도 오랜만의 경험이로구나. 게다가 형운 그대는 세 번째이니 더더욱 놀랍다."

한 인간이 운룡족에게 그 공로를 인정받아 포상을 받는 일을 여러 번 겪는 것만으로도 놀라운 일이다.

그런데 형운은 단지 운룡족에게 포상을 받는 것을 넘어서 천계 운룡군 대장군인 운가휘가 직접 나서야 할 만큼의 큰 공로를 세 번이나 세운 것이다. 이것은 이미 그 자체로 위업이라고 해도 될 정도였다.

"유감스럽게도 형운 그대에게는 줄 수 있는 것이 없으나, 감사의 마음만이라도 전하고 싶었느니라. 그대의 기지와 결단이 아니었더라면 하운국의 국운이 상했으리라. 운룡족을 대표하여 감사하는 바이다."

"우리를 대신하여 황실이 섭섭지 않게 보상을 해준다고 하더군요. 하지만 천계의 법도 때문에 직접 보상할 수 없는 것은 미안하게 생각합니다."

천건장 운월지가 말에 형운이 고개를 저었다.

"괜찮습니다. 제 힘으로 어쩔 수 없었던 재해가 봉합되었으니 그것만으로도 충분합니다."

형운은 진심으로 그렇게 생각했다. 만약 거기서 결국 천두산의 결계가 파손되고 재난 지대가 형성되는 것을 막지 못했다면, 그래서 그로 인해 또 수많은 사람이 죽어가게 되었다면 형운은 평생 동안 그때의 무력감을 곱씹어야 했을 것이다.

"다만 저는 운룡족 여러분들께 한 가지 질문드리고 싶은 사항이 있습니다. 대답해 주실 수 있을지요?"

"무엇이든 대답해 줄 수 있다고는 말 못 하겠군요. 하지만 가능한 것이라면 최선을 다해 의문을 풀어주도록 하겠습니다."

천건장 운월지가 대답했다.

"실은 저는 이번 사태 속에서 당연히 일어났어야 할 일이 일어나지 않게 되었음을 깨달았습니다. 그것에 대해 질문드리고자 합니다."

"무슨 일이었습니까?"

"저는 지난번, 삼신궁에 갔을 때 풍혼족에게서 한 가지 상을 받았습니다."

그것은 먼 곳에 있는 소중한 사람이 위험에 처하게 되면 그 사실을 알고, 단숨에 그 앞으로 달려갈 수 있는 기적이었다.

"하지만 천두산에서 저희들이 뿔뿔이 흩어졌을 때 그 기적은 발현되지 않았습니다."

천유하가 예령공주를 살리기 위해 죽음을 맞이하기까지 했는데도 말이다.

나중에 이 사실을 떠올렸을 때, 형운은 믿는 도끼에 발등 찍힌 심정이 무엇인지 절감했다. 신수의 일족이 약속한 기적이 헛방질로 끝나다니…….

설마 '소중한 사람'의 정의가 자신이 생각한 것과는 달랐던 것일까? 자신과 천유하는 서로를 위해 목숨도 걸 수 있는 친우라고 생각했거늘, 풍혼족이 준 기적의 대상이 아니었단 말인가?

"이유를 알 수 있겠습니까? 아니면 풍혼족에게 직접 물어봐야 알 수 있을까요?"

"흠, 잠시 기다려 보시지요."

운월지는 잠시 눈을 감고 고민하는 기색이었다. 그러더니 곧 눈을 뜨고 대답해 주었다.

"일단… 풍혼족 측에서 미안하다는 말을 전해왔습니다."

"네?"

"그들에게 천두산의 상황을 전하고 이유를 문의했고, 대답을 들었습니다."

운월지는 풍혼족의 대답을 전해주었다.

형운 일행이 진입했을 때, 천두산은 마계화되어 있었다. 마계도 현계도 아닌, 마계를 이루는 요소에 오염된 백일몽 같은 공간. 그곳은 천두산이되 천두산이 아닌 장소였다.

그리고 그곳을 지배하는 것은, 그 공간의 뿌리가 되는 흑영신의 의지였다.

"그래서 외부, 정확히는 천계에서 간섭하는 것에 제약이 있었습니다. 처음부터 천계와 뚜렷하게 연결되어 있는 존재들만이 예외였고, 당신처럼 그렇지 않은 인간의 운명을 필요한 순간 천기와 연결해주는 가호를 내리는 것은 차단당한 상태였다는군요."

"그렇다면… 만약 앞으로 다시 비슷한 상황에 처하게 될 경우에도 발동하지 않는다는 말씀입니까?"

"예."

그 말에 형운이 한숨을 쉬었다. 신수의 일족에게 받은 기적

치고는 너무나 쓸모없지 않은가. 사용 조건 자체가 명확히 제한되어 있거늘, 그 안에서 또다시 이런 치명적인 제약이 생기다니…….

"풍혼족 측에서는 그것까지 포함해서 미안함을 전해왔습니다."

"알겠습니다."

미안하다고만 하는 것을 보니 저런 문제를 보완해 주는 것은 불가능한 모양이다. 이 보상을 회수하고 대신 다른 보상을 주는 것도.

'아주 쓸모없는 건 아니니까.'

형운과 운월지의 문답이 끝나기를 기다린 운가휘가 말했다.

"천유하, 가려, 마곡정. 세 사람은 이번 일에 큰 공을 세웠으니 우리에게 포상을 요구할 수 있다. 하늘의 저울이 허락하는 한도 내에서 그대들이 바라는 것을 들어줄 테니 원하는 바를 말해보아라."

운룡족은 인간의 힘만으로는 이룰 수 없는 것들을 선물해 줄 수 있었다. 예를 들면 형운이 받은 장신구들이 그러했고 기사회생의 묘약도 그랬다. 그리고 그들이 영향력을 발휘하여 소원을 비는 자 입장에서는 손에 넣기 어려운 인간세계의 물건을 줄 수도 있으니 선택지는 무궁무진했다.

하지만 천유하도, 가려도, 마곡정도 소원을 고민하지 않았다. 형운까지 네 사람은 서로를 바라보며 고개를 끄덕였다.

그리고 천유하가 대표로 나서서 말했다.

"저희 세 사람의 소원은 같습니다."

"모두의 소원이 같다니, 무엇을 바라기에 그러하느냐?"

예상치 못한 이야기였는지라 운가휘도 놀란 기색을 보였다.

천유하는 말했다.

"저희들이 여러분께 바랄 수 있는 만큼… 단 하루, 한 시진이라도 좋으니 예령공주 마마의 수명을 되돌리기를 바라옵니다."

5

운룡궁에서 용무를 마친 형운 일행은 즉시 황제를 배알하게 되었다.

그로부터 찬사의 말과 온갖 포상을 약속받았으며, 그날 저녁에는 황제와 만찬을 나누는 영광을 누렸다. 그리고 그로부터 사흘간 황궁에 머물렀다.

그 시간 동안 그들은 황궁에 머무르고 있는 직계 황손들을 만났다.

차기 제위를 두고 다툰다고 하는 첫째 용하왕자와 둘째 영운공주도, 셋째 무령왕자도 다들 형운 일행에게 호감을 보였으며 일행에게 자신들이 포상으로 줄 수 있는 몇몇 특권을 베풀기까지 했다.

무령왕자는 차기 제위에는 관심이 없다고 공공연하게 말하고 다니는 것으로 유명했다. 운벽성주나 서방장군 자리를 손에 넣어서 야만의 땅으로부터 하운국을 지키는 방패가 되겠다는 목표를 세운 인물이었다.

어려서부터 무공을 연마한 그는 고수라 불리기에 부족함이 없는 성취를 이루었으며 군부에서 강력한 입지를 확보하고 있었다. 뼛속까지 무인이었기에 그는 일행에게 용하왕자와 영운공주보다 훨씬 더 끈적끈적한 호감을 보여주었다.

"참으로 아쉽군. 은인에게 감사하는 자리가 아니었다면 한수 겨뤄보았을 것을."

그는 강호에 명성을 떨치는 무인들을 앞에 두고도 한 수 겨뤄볼 수 없다는 사실을 애석해했다.

어린 시절부터 황실의 전폭적인 지원을 받아가면서 무공을 연마한 그의 기량은 상당한 경지에 올라 있었다.

'예령공주도 그렇더니 이 사람도 확실히 무재가 탁월하군.'

운룡족의 가호를 받는 황족은 일반인보다 훨씬 더 신체 능력과 잠재력이 뛰어나다. 무령왕자는 그런 황손들 중에서도 탁월한 무골이라 불리는 인물이니만큼 대영수의 혈통을 이어받은 자들만큼이나 대단한 것도 당연할지 모른다.

어쨌거나 황손들이 하나같이 크나큰 호의를 보여주는 것은 일행이 이번에 해낸 일 때문만이 아니었고, 그들이 강호에 이름난 인물들이기 때문도 아니었다.

"예령에게 미래를 주어서 정말 고맙다."

손위 형제들에 이어 일행을 초대하여 오찬을 함께한 넷째 운성왕자가 감사를 표했다.

황손들이 일행에게 크게 감사하는 것은 바로 예령공주를 죽음의 위기에서 구해준 것, 그리고 운룡족에게 받을 포상을 예령공주의 수명을 회복하는 데 썼다는 사실을 알기 때문이었다.

혈육이라고는 하나 황손들이 서로에게 느끼는 거리감은 일반인들이 가족에게 느끼는 것과는 큰 차이가 있다. 어려서부터 육아도 교육도 육친이 아닌 타인이 맡아서 처리하는 그들의 인식이 어찌 일반인과 같을 수 있겠는가?

하지만 그럼에도 그들은 모두 막내인 예령공주를 사랑했다.

그렇기에 예령공주가 당한 일에 진심으로 슬퍼했고, 그녀의 수명이 조금이나마 회복되었다는 사실에 기뻐하고 있었다.

"여전히 그 아이에게 남겨진 날이 길진 않을 테지. 하지만 그래도……."

운성왕자는 말을 잊지 못했다. 감정이 복받치는지 눈시울이 붉어지는 모습에서 형운은 그의 예령공주에 대한 사랑을 엿볼 수 있었다.

"손님도 함께 모셨는데 분위기를 가라앉혀서 미안하군."

감정을 다스리고 미소를 되찾은 운성왕자가 말했다.

이 자리에는 가연국의 대사인 루안 역시 참석하고 있었다. 그녀를 처음 보는 천유하와 마곡정은 놀람을 금치 못했다. 두 사람은 가연국에 대해서 루안을 만나기 전의 형운보다도 지식이 얕았기에 루안의 존재가 신기했고, 그녀가 이야기해 주는 가연국의 사정에 흠뻑 빠져들었다.

루안 역시 일행을 보고 놀랐다. 천유하에 대해 운성왕자에게 들었을 때도 그랬지만 마곡정을 보고는 눈에 띄게 놀라는 기색이었다.

"놀라운 분이시구려. 본인은 일족에서는 젊은 편에 속하지만 그래도 백 년을 넘게 살아왔거늘, 그대와 같은 존재는 본 적은 물론이고 구전으로도 들은 바 없소."

영수의 나라인 가연국의 황족인 그녀가 그렇게 말할 정도로 청룡과 합일한 마곡정은 특별한 존재였다.

루안은 설산의 영수 사회에 대해 흥미를 갖고 여러 가지 질문을 던졌고, 마곡정 역시 가연국의 일들에 대해서 질문을 던지며 환담을 나누었다.

즐거운 시간이었지만 황궁에 머무르는 동안 일행의 일정이 워낙 빡빡하게 잡혀 있어서 저녁 시간 전에는 자리를 파해야 했다. 돌아가는 형운에게 루안이 물었다.

"조직에는 언제 복귀하실 생각이시오?"

"조만간 돌아갈 것 같습니다. 돌아가는 대로 연락을 드리겠습니다."

"기대하고 있겠소."

루안이 빙긋 웃었다.

6

일행은 닷새간 황궁에 머무르고 일야문으로 돌아왔다.

이는 황제의 배려였다.

황궁뿐만 아니라 제도에서 형운 일행을 향한 관심이 폭발하는 상황이었다.

운성왕자는 생사가 오가는 전투를 치르고 온 이들을 붙잡고 피곤하게 하는 것은 도리가 아니라는 충언을 올렸고, 황제는 이를 받아들여 형운 일행을 귀가시켜 주었다.

형운과 가려, 마곡정은 일야문에 열흘간 더 머무르고는 떠났다.

"혹시 중상이 재발하거나 하면 꼭 연락해."

이때쯤 되자 다행히 천유하의 환통은 사라져 있었다. 하지만 형운은 그렇게 신신당부했다.

"그래. 고맙다."

"뭘 또 새삼스럽게……."

"계속 고마운 마음이 드는 걸 어쩌겠어. 곡정이 너도 고마웠다. 가 무사님도 감사했습니다."

천유하는 세 사람에게 감사 인사를 하고는 장난스럽게 웃으며 말했다.

"두 사람, 혼인하게 되면 꼭 미리 연락주고."

"……."

그 말에 형운과 가려가 움찔하더니 확 얼굴을 붉혔다.

마곡정이 혀를 찼다.

"쯧쯧. 숙맥들 같으니."

"…그러는 너는? 예은이한테 청혼 언제 할 건데?"

형운이 반격하자 마곡정이 말했다.

"나? 이번에 돌아가면 바로 하려고. 예물은 황궁에 있을 때 준비해 놨고."

"헉?"

형운이 깜짝 놀라서 헛숨을 들이켰다. 가려와 천유하도 놀라서 눈을 크게 떴다.

마곡정이 씩 웃으며 형운의 가슴을 쳤다.

"네 전속 시비, 빈자리 채울 사람 구해봐라. 물론 예은이만한 사람은 절대 못 구하겠지만."

"……."

"원래는 어디 대주직이라도 하나 차지하고 나서 청혼하려고 했는데, 그게 참 쓸데없는 욕심 같더라고. 오히려 좀 한가한 지금이 청혼하기에는 적기인 듯싶다. 예은이도 슬슬 주변에서 언제 혼인할 거냐는 소리 듣고 있다고 하고."

마곡정과 예은의 나이도 어느덧 스물다섯 살이다. 무인도아닌 예은은 주변에서 그런 소리를 들을 만했다.

마곡정이 머리를 긁적였다.

"조만간 술 한잔하면서 상담할 생각이었는데 그냥 말해 버렸군. 뭐, 마음이야 이미 정해둔 거였으니 상관은 없지만."

형운은 놀란 나머지 붕어처럼 입만 뻥긋거렸다.

7

그렇게 세 사람이 떠나가고 일야문은 다시 그들이 없는 일상으로 돌아갔다.

"오래들 있다 가서서 그런가, 세 사람이 없으니까 묘하게 허전하군."

"정말 그렇군요."

수련산의 남방산군 허화의 말에 천유하가 고개를 끄덕였다.

여전히 일야문에는 사람이 많았고 하루하루를 떠들썩하게

보냈다. 그런데도 손님들의 빈자리가 느껴진다는 것은 신기하기까지 했다.

천유하는 슬슬 다시 가볍게 무공 수련을 시작하고 있었다. 하지만 아직 무리해서는 안 된다는 것을 알기에 스스로를 혹사하기보다는 은수와 은우를 가르치는 일에 매진했다.

두 사람을 가르칠 방향성에 대해서는 형운과 가려, 마곡정이 머무는 동안 함께 연구하며 얻은 것이 많았다. 아무리 그가 성운의 기재라도 혼자만의 시각으로 일을 처리하기보다는 재능과 능력이 있는 여러 사람의 관점을 받아들이고 함께 연구할 때 훨씬 더 큰 성과가 나오는 것이다.

일야문이 명문으로 크기 위해서는 문파 내에서 그런 일이 가능해져야 했지만 은수와 은우의 성장 속도를 보면 아직까지는 먼 훗날의 이야기였다.

그렇게 다시 며칠을 보냈을 때였다.

이제 2월도 끝나가지만 아직 겨울 추위는 매서웠다. 일야문이 있는 소도시 부허가 진해성 안에서는 남부에 있다지만 그래도 봄 날씨를 맞이하려면 아직도 두 달은 기다려야 할 것이다.

그날도 싸락눈이 내리고 있었다.

쌓일 만큼 많이 내리고 있지는 않지만 녹아서 얼어붙기 전에 치워두려면 부지런하게 움직여야 할 것 같았다. 그렇게 생각한 천유하가 아침 수련을 일찌감치 마무리하고 빗자루로 연무장을 쓸기 시작했을 때였다.

그가 있는 공간에 갑자기 인기척이 느껴졌다.

흠칫 놀라며 기척이 느껴진 곳을 본 천유하의 눈이 크게 떠졌다.

하늘하늘 내리는 눈송이들 사이에 투명한 백발을 단정하게 묶어 올린 여성이 서 있었기 때문이다.

"오랜만이구나, 유하."

홀연히 나타난 예령공주가 그렇게 인사하고는 어색하게 헛기침을 했다. 그리고 그에게 한 걸음 다가가며 말했다.

"그대와 친구들이 나를 위해 해준 일에 대해서는 들었노라. 황실에서 정리해야 할 일들이 바빠 인사가 늦어졌으니 부끄럽구나. 그들은 이미 떠났다고 하던데 나중에 찾아가 감사 인사를 할 생각이니라."

"공주 마마……."

"예령."

"……."

"둘만 있을 때라도 좋으니 그렇게 부르기로 하지 않았더냐?"

예령공주가 새초롬한 표정을 짓자 천유하가 슬쩍 주변을 둘러보며 대답했다.

"갑자기 나타나신 것으로 보아 분명 운룡족의 어느 분이

근처에 있지 않겠습니까?"

"없다. 몰래 지켜보거나 하지 않기로 나와 약속을 하셨느니라. 지금은 여기 대문 쪽에 계실 게다."

"대문에 말입니까?"

그 말을 듣고 감각을 곤두세워 보니 대문 쪽에서 부산스러운 기척이 느껴졌다.

"실은 일행이 있느니라. 내 전속 위사인 가염을 기억하느냐?"

"기억하고 있습니다."

"가염은 운희 님과 함께 대문 쪽으로 방문하였고, 나만 너를 보고 싶어 이렇게 둘만 만날 기회를 노렸느니라."

"…노렸다고요?"

"실은 새벽부터 기다렸느니라."

문득 예령공주가 한숨을 푹 쉬었다.

"그런데 너는 아침에 일어나서 나오자마자 제자들과 함께 아침 수련을 하더구나. 그러다가 둘을 떼어놓고 혼자가 되는가 싶었더니 이번에는 또 영수들이 주변을 얼쩡거리고 있는 게 아니겠느냐? 한 시진 넘게 기다리다가 이대로는 안 되겠다는 생각이 들어서 운희 님께 시선을 좀 돌려달라고 부탁드리고 온 것이니라."

"……."

즉, 등장하기에 적절한 순간을 포착하기 위해서 신수의 일족의 힘을 빌려서 자신의 기상 후 지금까지의 일거수일투족을 감시했다는 소리가 아닌가? 천유하 입장에서는 살짝 소름 돋는 이야기였다.

살짝 질려 버린 천유하의 표정을 본 예령공주가 찔끔해서 변명했다.

"아, 무단으로 엿보는 짓을 한 것은 미안하게 생각하마. 나는 그냥… 음, 그러니까……."

"괜찮습니다. 앞으로만 안 그래주신다면."

"무, 물론이다! 그럴 일도 없을 것이고 그럴 수도 없을 것이다. 이번 한 번만 할 수 있는 일이었으니."

"무슨 뜻입니까?"

천유하가 의아해하며 묻자 예령공주가 머뭇거렸다. 쉽게 대답할 수 없는 일인지 한참을 그러다가 심호흡을 두어 번 한 후에야 입을 열었다.

"유하."

"말씀하시지요."

"내가 앞으로 이곳에… 일야문에 머물러도 되겠느냐?"

"예?"

전혀 예상치 못한 말에 천유하가 눈을 크게 떴다.

예령공주는 얼굴을 붉힌 채, 하지만 천유하를 똑바로 바라보면서 말을 이었다.

"나는 여기 오기 전에 황손의 의무에서 해방되었느니라."

천유하가 깜짝 놀랐다. 그 말이 의미하는 바를 이해했기 때문이다.

"의무에서 해방된다는 것은 당연히 누리던 권리도 내려놓는다는 것이다. 나는 더 이상 명예로운 황실의 일원으로서 살아가지 않기로 했다. 그대와 친구들이 내게 선물해 준 시간을 예령공주가 아닌 자예령으로 살겠노라고 황제 폐하께 말씀드리고 윤허를 받았느니라."

"……."

"왜 그랬느냐고 물을 기색은 아니구나. 내가 사랑한 남자가 멍청하지 않아서 기쁘다."

생긋 웃는 예령공주는 눈 속에서 피어난 꽃처럼 아름다웠다. 그녀는 그늘진 곳의 눈처럼 옅은 푸른 눈동자로 천유하를 바라보며 한 걸음, 또 한 걸음 다가왔다.

"나는 더 이상 공주가 아니니 그대가 내 이름을 부른다 하여 불경이 되지 않는다. 그러니 주변 시선 따위는 신경 쓰지 말고 내 이름을 불러도 된다."

"예령, 정말 괜찮겠습니까?"

"말하지 않았더냐. 내 반드시 너를 찾아올 것이라고. 그리고 남은 삶을 다해 네 마음을 손에 넣고야 말 것이라고."

가까이 다가온 예령공주는 주먹으로 천유하의 가슴을 툭 치면서 웃었다. 자신만만하게 아름다운 미소였다.

"그러니 부디 받아다오. 황실을 나올 때 빈털터리로 나오지는 않았으니 재정에도 보탬이 많이 될 것이다."

"그런 것 안 가져오셨어도 환영합니다."

"그 말은 내 마음도 받아주겠다는 말인가?"

예령이 은근히 기대하는 눈치로 묻자 천유하가 얼굴을 붉히며 슬그머니 시선을 피했다.

그 반응에 예령은 혀를 끌끌 차더니 갑자기 천유하를 와락 안아버렸다.

"예, 예령?"

"좋지 아니한가. 이제 황손의 의무도 권리도 모두 내려놓았으니 내가 사랑하는 남자를 안아보는 것 정도는."

"……."

"뭐, 좋다. 내 이미 여기에 유하, 그대를 노리는 여자들이 많다는 사실은 알고 온 것이다. 그 사실을 알고 나니 소름이 끼치더군."

예령이 천유하를 놓아주더니 말했다.

"내 점잔 빼느라 그대에게 관심 없는 척하는 동안 모든 게 끝나 버릴 뻔하지 않았던가. 황실을 나오기 전에 조사해 본 결과 이곳이 용담호혈(龍潭虎穴)임을 알았느니라."

원래 무슨 일이든 권력자가 작정하고 나서면 무서운 법이다. 예령은 황실을 나오기 전, 아직 자신의 손에 있는 권력을 이용해서 총력전을 준비하고 나왔다.

　"하지만 걱정하지 않아도 된다. 내 가슴은 승리하고자 하는 의지로 충만하니까. 그리고 내 머리는 승산이 충분하다 말하는구나. 최대한 신속하게 그대의 마음을 손에 넣고 남은 시간을 즐기겠노라."

　예령은 뻔뻔하고 당당하게 말하며 시원스럽게 웃었다. 그 모습이 너무나 매력적으로 보여서 천유하는 순간적으로 넋을 잃고 말았다.

　"오호라, 지금 표정을 보아하니 역시 내게 승산이 높은 것 같구나. 그렇지 않으냐?"

　"그런 것 같군요."

　"음?"

　그 말에 예령이 눈을 휘둥그레 뜨는 순간이었다.

　천유하가 그녀를 끌어안았다.

　"당신은 싸움을 시작하자마자 이긴 것 같습니다, 예령."

　"……"

　"죽 생각했습니다. 당신이 온다면 어떻게 대해야 할까. 당신을 향한 내 마음은 어떤 것일까."

　계속 고민해 봤지만 쉽게 결론이 나오지 않았다.

그날, 자신이 예령을 살리고 그녀가 자신을 살렸던 날 접한 진심은 너무나 강하게 심장을 때렸다. 그전까지는 부담스럽기만 했던 예령의 애정은 그 순간 그의 마음을 울리는 파문이 되었던 것이다.

하지만 그럼에도 천유하는 자신의 마음을 확신할 수 없었다.

나중에 예령이 찾아왔을 때, 과연 자신은 그녀의 애정에 보답해 줄 수 있을까?

그래야 한다는 의무감으로 그녀를 대하는 것은 안 된다. 하지만 과연 자신의 진심은 무엇인가? 자기 뜻대로 안 되는 것이 진심이라는 것인데, 과연 그 진심은 예령에게 향하고 있는가?

"그런데 지금 모든 게 분명해졌습니다. 미안합니다. 그날부터 지금까지 나는 당신에게서 다른 사람의 모습을 보고 있었습니다."

천유하에게 크나큰 상실의 아픔을 새겨주었던 사람, 이화연을.

운룡족에게 소원을 빌어 수명 일부를 되돌려 주었다고는 하나 예령에게 주어진 시간은 시한부 인생이라 부를 수준을 넘지 못했다.

처음부터 슬픈 헤어짐이 정해진 사랑에 의미는 있는 것일까. 또다시 그런 사랑을 해야만 하는 것인가.

상처의 아픔이 천유하가 스스로의 진심을 직시하는 것을

망설이게 했다. 하지만 예령이 자신의 앞에 찾아와 당당하게 마음을 고백했을 때, 천유하는 비로소 깨닫게 되었다.

"당신을 사랑합니다. 그날 내 마음이 함락당하고 말았습니다."

자신의 고민이 무의미했다는 것을. 그날 이미 답이 정해져버렸다는 것을.

"……."

예령은 천유하의 품에 안긴 채 오랫동안 말이 없었다. 천유하는 그녀가 어느새 눈물을 흘리고 있다는 사실을 알아차렸다. 그녀는 천유하에게 우는 모습을 보이고 싶지 않은 듯 숨죽이고 흐느끼고 있었다.

한참 시간이 지난 후에 그녀가 젖은 목소리로 말했다.

"…실은 거짓말을 했다."

"무슨 거짓말입니까?"

"그때 한 말, 괜찮다는 말은 거짓말이었다. 괜찮지 않았다. 하나도 괜찮지 않았어."

천유하는 천두산에서 그녀가 했던 말을 떠올리고 웃었다. 순간 예령이 그의 멱살을 쥐고 우악스럽게 잡아당기더니 입을 맞추었다.

그리고 충혈된 눈으로 천유하를 올려다보며 말했다.

"네 대답은 의무감도 동정심도 아닐 테니 고맙다는 말 따위는 하지 않겠다. 유하, 사랑한다. 이 두 눈으로 너를 볼 수 있는 마지막 날까지."

"저도 사랑합니다, 예령."

천유하와 예령은 내리는 눈 속에서 서로를 끌어안고 있었다.

뒤늦게 찾아온 다른 이들이 헛기침을 할 때까지 오랫동안.

제183장
태풍 같은 귀환

성운을
먹는자

1

3월 중순, 한 남자의 귀환이 별의 수호자 총단을 떠들썩하게 했다.

한때는 유력한 수성 후보자로 불리면서 경력의 절정기를 달리다가 어이없이 권좌에서 굴러떨어진 남자, 지난 1년간 징계면직을 당하고 여행을 떠나 버렸던 선풍권룡 형운이 귀환한 것이다.

어딜 가나 화제를 몰고 다니는 형운은 이번에도 귀환하자마자 총단의 시선을 주목시켰다.

이미 그가 여행 중에 한 일들에 대해서는 어느 정도 소문이나 있었다.

몇몇 지방에서 마인들을 잡으며 협객으로서의 명성을 드높였고, 해룡성에서는 수군을 도와서 해적단으로 위장하고 있던 흑영신교 세력을 쳐부순 것이 이야깃거리가 되었다.

그것으로 모자라서 얼마 전에는 자신의 호위무사인 가려와 척마대 부대주인 마곡정, 성운의 기재인 유성검룡 천유하와 함께 천두산에서 벌어진 거대한 재난을 타파하고 그 공로로 운룡족과 황실에서 포상을 받은 것이 전국으로 퍼져 나가고 있었다.

형운의 복귀가 알려지자 장로회가 소집되었다.

그냥 여행을 갔다 왔을 뿐이라면 총단 조직이 공적인 대응을 할 이유가 없다. 하지만 황실에서 형운을 통해서 거래를 제안할 것이라는 언질이 있었기에 장로들이 모인 것이다.

"이건 뭐 매번 돌아올 때마다 장로회에 보고부터 해야 한다니, 어휴."

"힘내라."

마곡정이 어깨를 툭툭 두들기자 형운이 눈을 부라렸다.

"마곡정, 당연히 너도 참석해야 하지 않겠냐?"

"어허, 내가 보고할 일이 뭐 있다고 그래? 황실에서 받아온 것도 다 네 이름으로 되어 있고 나는 들러리구만?"

"그 황실 위사부장님 건은 너한테……."

"에이, 그거야 장로회에서 보고할 만한 건은 아니지. 그냥 사부님 통해서 처리할 거다. 뭐, 하는 김에 네가 해주든가. 이런 건 원래 잘하는 사람이 해야 되는 법이야."

"야!"

"그럼 뒷일을 부탁한다! 나는 예은이한테 다들 무사히 돌아왔다고 말해주러 갈게!"

마곡정은 엄지손가락을 처억 추켜세워 보이고는 질풍처럼 경공을 펼쳐서 도망가 버렸다.

"아, 진짜 내가 저런 놈을 친구라고……."

"제가 같이 들어갈까요?"

"아뇨, 혼자 갈게요. 곡정이라면 몰라도 누나한테는 발언권을 안 줄 테니… 누나는 석준 아저씨라도 보고 있어요."

"밖에서 대기라도……."

"한참 걸릴 거예요. 업무도 아닌데 마냥 기다리게 하기 싫으니까 그냥 가 있어요. 끝나면 바로 연락할게요."

"알겠습니다."

정식으로 호위무사 일을 수행하던 시절이라면 이럴 때 기다리는 것도 업무의 일환이었다. 하지만 그게 아닌 상황에서 형운은 가려에게 그런 일을 시키고 싶지 않았다.

형운은 심호흡을 하고는 회의장에 들어섰다.

이곳에 들어오는 것도 대략 1년 만의 일이다. 하지만 개인적인 사정을 우선시해서 조직에 폐를 끼친 사실에 대한 징계를 받으러 출두했던 그때와는 완전히 분위기가 달랐다.

이번 회의에는 외부로 나간 두 명을 제외한 열 명의 장로, 그리고 영성 귀혁과 풍성 초후적이 참석했다.

지성 위지혁은 풍령국 본단으로 발령 나서 떠났고 수성 이선광은 임무 수행 중이었다.

형운은 오랜만에 보는 귀혁에게 미소 지으며 묵례했고 귀혁도 미소로 받았다.

"오랜만일세, 형운."

장로회 개회가 선언되고 나자 이정운 장로가 웃으며 인사를 건넸다.

"예. 1년 만에 다시 이 자리에 왔는데 장로님들이 모두 건강하신 것 같아 기쁘군요."

"자네도 건강해 보이는군. 그나저나 자네, 휴가 여행을 떠난 거 아니었나?"

"그랬었지요."

"그런데 무슨 일을 그렇게 해온 겐가?"

"아, 저도 참 아무것도 안 하고 놀러 다니고 싶었는데 어쩌다 보니 그렇게 되었습니다."

형운이 너스레를 떨자 몇몇 장로가 웃었다.

이번에는 운 장로가 물었다.

"장로회가 소집된 이유는 황실에서 언질을 주었기 때문이었다. 자네를 통해서 전하고자 하는 바가 있다고 하더군."

"그런 식으로 전달되었을 줄은 몰랐군요. 자세한 내용이 같이 전해졌을 거라고 생각했는데……."

형운은 빙긋 웃고는 이야기를 시작했다.

"이 장로님이 말씀하신 것처럼, 당초에는 휴가 여행을 떠났는데 어쩌다 보니 일을 잔뜩 하고 왔습니다. 일단은 황실에서 언질했다는 건부터 말씀드리지요. 황실에서는 대량의 거래를 원하고 있습니다."

하운국 황실은 별의 수호자의 고객 중에 단일 거래처로서는 최대의 거래량을 자랑한다.

황실의 의원단이 매월 구입해 가는 약재와 약은 하나같이 고가의 물품들이며 그 양도 어마어마하다.

또한 관군의 무인 양성을 위한 비약 구매량만 해도 별도의 사업으로 취급할 수 있을 정도의 거래량을 자랑하고 있었다.

그런 황실이 정규 거래 말고 추가 거래를 원한다. 그것은 정규 거래만은 못해도 확실히 큰 사업적 성과가 될 수 있었다.

하지만 형운의 입에서 나온 거래 내용은 장로들이 예상한 것을 훨씬 뛰어넘었다.

"황실에서 바라는 것은 몇 가지인데… 일단 물품부터 말씀드리자면 1년 정규 거래량에 해당하는 비약을 추가로 주문받았습니다. 비약의 종류 역시 동일한 비율로 맞춰달라고 합니다. 추가 거래이니만큼 대금은 정규 거래보다 3할 더 비싸게 쳐주겠다는 제안입니다."

"뭐라고?"

몇몇 장로는 놀란 나머지 벌떡 일어나고 말았다.

아무리 별의 수호자가 거대한 조직이라도 이것은 정말 어마어마한 거래다. 어지간한 대상단 하나를 만들어낼 수 있을 정도의 돈과 물건이 오가게 될 것이다.

"또한 황실에서는 그 비약들을 관리하고 가장 효율적으로 복용할 수 있는 방법을 체계적으로 조언해 줄 수 있는 연단술사 인력을 파견해 주길 바라고 있습니다. 기간은 2년, 50명 이상을 바라고 있으며 이에 대한 비용은 최고 대우로 지불하겠다고 합니다. 그리고……."

형운의 입에서 설명이 나올 때마다 장로들이 술렁거렸다.

연단술사들과 같은 조건으로 100명 이상의 전문 기공사 인력 파견을 요청.

일월성단급 비약 30개를 주문할 것이며, 이것을 복용할 인원들을 별의 수호자 총단으로 보낼 테니 복용 과정까지 관리 감독 해줄 것.

그리고 마지막으로 이 모든 거래는 반드시 선풍권룡 형운을 책임자로 할 것.

"허, 허허허……."

몇몇 장로가 놀란 나머지 헛웃음을 흘렸다.

거래 내용도 충격적이었지만 더 중요한 것은 그 속에 숨겨진 의도다.

이만큼이나 거대한 거래를, 반드시 형운을 책임자로 해서 진행한다는 조건을 붙인 이유가 무엇이겠는가?

'하운국 황실이 형운을 총애한다!'

그 사실을 별의 수호자 수뇌부에게 알려주고 있는 것이다.

장로들이 놀람을 추스를 때까지 기다린 형운이 말했다.

"황실이 금고를 아낌없이 털면서 이런 거래를 제안하게 된 이유는 천두산 사태로 인한 피해가 너무 컸기 때문입니다."

당장 운검위 한 명이 전사한 것만 해도 천문학적인 피해라고 할 수 있다.

여기에 황실에서 고르고 고른 정예 무인 20명 중 13명이 전사했으며 생존자 중에서도 현역 은퇴 수순을 밟아야 하는 이들이 몇 명 있었다.

당장 황실에서 동원할 수 있는 최고급 무력에 심각한 공백이 발생한 것이다. 황실이 이 공백을 최대한 빠르게 채우기 위해 큰 투자를 감행한 것은 당연한 수순이었다.

장로들의 표정이 심각해졌다.

"우리도 대응 태세를 갖출 필요가 있군. 최대한 빠르게 천두산 사태에 대한 상세한 보고서를 올려주길 바라네."

"그러도록 하겠습니다."

"어쨌든 정말 큰일을 해냈군. 놀라 자빠질 지경이었어."

장로들은 반쯤 얼이 빠진 표정이었다. 정상적인 경로로 제안이 왔어도 깜짝 놀랐을 텐데 이런 식으로 들었으니 충격을 받을 수밖에.

이것은 사실상 형운이 임무를 도외시하고 설산에 가면서 깎아먹은 것을 만회하고도 남는 한 방이었다. 이 거래가 무사히 진행되면 그것만으로도 형운에게 필적하는 경력을 지닌 경쟁자 따위는 존재할 수가 없다.

운 장로가 허탈하게 웃으며 말했다.

"그럼 수고했네. 이번 거래는 곧바로 자네를 중심으로 한 특무대를 만들어서 신속하게 진행하도록 하지. 인원 구성에 대한 이야기는, 자네도 먼 길을 다녀와서 오늘은 피곤할 테니 내일 관련자들을 모아서 나누기로 하면 되겠고. 그럼 이만 해산합시다."

"네?"

형운이 눈을 동그랗게 뜨며 반문했다.

순간 분위기가 이상해졌다.

당연히 해산하는 분위기였던 장로들이 움찔하며 형운을 바라보았고, 형운이 조심스럽게 말했다.

"아, 저기… 아직 보고드릴 사항이 남았습니다만."

"장로회에서 보고할 만큼 중요한 사안인가?"

너 이미 큰일 한 거 다 안다. 우리 다들 충격받고 정신없으니 자잘한 건은 그냥 생략하자.

그런 뜻이 노골적으로 드러나는 운 장로의 말에 형운이 난처해하며 말했다.

"그렇습니다."

"보고해 보게."

운 장로가 떨떠름한 표정으로 말하자 형운이 한 호흡 쉬고는 차분하게 보고했다.

"야만의 땅에 생태조사와 약재 채집을 위한 인력을 파견해도 좋다는 허가를 받았습니다."

"뭐라고? 정말인가?"

몇몇 장로가 벌떡 일어났다.

청해군도 때의 일을 보면 알 수 있듯 별의 수호자는 자신들이 아직 파악하지 못한 미지의 영역에 대한 탐구열이 아주 강하다.

하운국 서쪽 야만의 땅은 오랫동안 별의 수호자를 답답하게 하는 장소였다. 단지 위험해서가 아니라 민간의 출입이 엄격하게 통제되고 있기 때문이다.

개인이 몰래 가는 정도라면 모를까, 조직 차원에서 움직이는 것은 관군과 싸우겠다는 소리나 다름없다. 그래서 몇몇 장로는 몰래몰래 채집꾼들을 부려서 표본을 채집하고 있었다.

형운이 자신 있게 고개를 끄덕였다.

"무령왕자 전하께서 군부의 전폭적인 지원을 약속하셨으며, 용하왕자 전하께서도 추진하는 데 문제가 없도록 배려해 주시겠다고 말씀하셨습니다."

"맙소사……."

야만의 땅에 관심을 갖고 있던 장로들은 자기가 꿈을 꾸고 있는 게 아닌가 의심했다.

다들 형운에게 뜨거운 시선을 보냈다.

아무리 인력 파견을 허락받았다고 하더라도 그 인원이 한정되는 것은 당연한 일이다. 그리고 누구를 보낼지에 대해서는 형운이 전권을 쥐고 있는 것이다!

'말이 안 나올 지경이군.'

운 장로는 전율했다.

형운이 해낸 일에 등골이 오싹해질 정도였다. 별의 수호자라는 거대한 조직이 막대한 노력을 들여가면서 어떻게든 뚫으려고 발버둥 치던 벽을 형운은 그냥 개인의 힘으로 뚫어준 것이다.

'황실에서 전폭적인 지지를 드러낸 것만으로도 놀라운데… 실권을 쥐고 있는 직계 황손들에게도 개인적으로 총애를 받는단 말인가.'

차기 제위를 다투는 용하왕자, 그리고 서방군의 후계자로 불리는 무령왕자가 호의를 보인 것이다. 이것을 바탕으로 형운이 별의 수호자라는 조직의 일원으로서 할 수 있는 일은 무궁무진하다.

장로들은 흥분해서 장로회라는 공식적인 회의 분위기도 잊고 야만의 땅에 대해서 떠들어대었다. 다들 정치적이기보다는 학구열이 강한 연구자들이었으니 그럴 수밖에 없었다.

그런 분위기가 거짓말처럼 가라앉은 것은 형운이 말을 이었기 때문이었다.

"그럼 다음 안건을 보고해도 되겠습니까?"

"…또?"

순식간에 조용해진 장로들의 시선이 쏟아지자 형운이 빙긋 웃으며 말했다.

"이제 세 건 남았습니다."

"이야기해 보게."

장로들은 이제는 무슨 이야기가 나와도 호들갑스럽게 놀라지 않을 자신이 있었다.

"이 또한 황실의 윤허를 받은 건입니다. 운성왕자 전하를 통해 가연국과의 약재 거래를 승인받았습니다. 장로회에서 승인해 주시면 조만간 가연국의 대사 루안 공께서 총단을 방문하시겠다고 합니다."

"뭐라고?"

하지만 그런 마음가짐은 형운의 보고를 듣자마자 박살이 났다. 또다시 몇몇 장로가 놀라서 벌떡 일어나면서 회의장이 소란스러워졌다.

2

하운국 총단은 벌집을 쑤신 것처럼 난리가 났다.

형운이 장로회에 던진 안건들은 하나하나가 날벼락이나 다름없었다.

황실과의 추가 거래만 해도 총단의 생산력을 총동원해야 하는 어마어마한 것이었는데 추가로 던져진 안건 하나하나가 모두를 들었다 놨다 하는 수준이었다.

야만의 땅에 생태 조사와 약재 채집을 위한 인력을 파견할 것.

바다 건너의 이국, 가연국과 각자의 땅에서 나는 고유한 약재를 거래하고 이에 대한 자료도 주고받을 것.

해룡성 수군이 해룡성 해역의 생태 조사와 약재 채집을 전폭적으로 지원해 주기로 약속.

천하십대문파 중 하나인 용무문이 해룡성 일대에서 척마대와 공동 작전을 펼치게 될 것.

앞선 세 가지가 너무 충격적이라 상대적으로 뒤의 두 가지는 상대적으로 별 볼 일 없어 보였다.

하지만 그 둘도 충분히 큰 성과라서 그중 하나만으로도 장로회가 소집될 만하다.

'이게 말이 돼?'

'쉬러 가서 저런 일들을 따 왔다고? 천계의 신들이 잘되라고 행운을 다 몰아주기라도 했나?'

장로들뿐만 아니라 다들 경악을 금치 못하고 있었다. 한동안은 총단 어딜 가나 저 화제로 떠들썩할 것이다.

3

"쉬러 간다더니 차기 오성 자리를 차지할 모든 준비를 마치고 왔구나. 잃은 것을 만회하고도 잔돈이 너무 많이 남아서 처치 곤란 할 정도군."

지금까지 장로회에 무수히 출두했으며 몇 번이나 장로들을 놀라게 만들었던 귀혁도 어이없어할 정도였다.

"하하하, 어쩌다 보니 그렇게 됐네요."

"거참, 내 제자가 어쩌다가 이런 거물이 되었는지."

"원래 거물로 키우려고 하시지 않았습니까?"

"그렇긴 하다만 빨라도 너무 빨라서 하는 말이다. 좀 천천히 커도 되는데 말이다."

헛웃음을 지은 귀혁이 물었다.

"보고서는 얼마나 걸릴 것 같으냐?"

"그건 곡정이가 알아서 하겠죠."

"음?"

"장로회 출두를 같이했어야 하는데 저만 던져놓고 도망가 버렸거든요. 그래서 보고서는 알아서 하라고 했어요. 그러니까 전 모릅니다."

"……."

"사부님이야 저한테 들으시면 되죠. 일정 따로 잡혀 있으신 거 아니죠?"

"당연히 오늘은 다 비워놓았다."

귀혁이 빙긋 웃었다.

자그마치 1년 만에 귀환한 제자다. 밤을 새워가면서 이야기를 들을 준비가 되어 있었다.

형운은 여행에서 겪었던 일들을 하나하나 풀어놓았다.

쌍비룡 권우와 묵권 초명의 가면을 쓰고 암흑가를 뒤집어 놓은 이야기에 귀혁은 유쾌하게 웃었다. 그러다가 막판에 풍랑검객 왕춘에게 정체를 들켰다는 이야기를 하자 감탄을 금치 못했다.

"아까운 사람이로구나."

"그렇죠. 인생에 굴곡이 적었다면 지금쯤 풍검문을 대표하는 검호가 되었을 텐데……."

왕춘에 대해서는 형운도 안타까움을 느꼈다. 사문을 나와서 20년 동안 흑도에서 방황하지 않았더라면 지금과는 비교도 안 되는 고수가 되어 있었을 인물이니까.

하지만 지난 세월은 어쩔 수 없다. 늦게 핀 꽃 같은 사람이지만 앞으로도 부끄럽지 않은 삶을 살아갈 것이다.

형운은 뒤이어 해룡성에 가기까지의 일들과 그곳에서 겪은 일들을 이야기했다.

"광세천교의 잔당이라… 확실히 혼마의 예감이 맞은 것 같군."

"혼마 선배님도 뭔가 말씀하셨나요?"

"자혼이 흑영신교의 지부를 처리했는데, 그 과정에서 광세천교 잔당이 개입했다는 느낌을 받았다는군. 네 이야기를 들어보니 놈들은 정말 자기들 목숨을 소모품으로 써가면서 흑영신교에게 타격을 주는 일에 전념하는 모양이다."

"예상치 못하게 도움을 받은 셈이기는 합니다만, 끝까지 소름 끼치는 놈들이에요."

"신이 패퇴했어도 인간의 마음에 깃든 광신의 불길이 꺼지지 않는 것이지. 놈들에게 있어서 그것은 자신을 희생해서 구원으로 이르는 과정일 터."

광세천이 패배를 선언했을 때, 광세천교 잔당들은 마지막까지 살아가는 것을 명령받았다.

그들에게는 자신들이 연옥이라 부르는 이 세상에서 살아가는 것 자체가 고통이었다. 그렇기에 신의 뜻을 실현하기 위해 목숨을 버릴 수 있다면, 그럼으로써 연옥에서의 고행을 끝낼 수 있다면 기쁘게 희생해 버리는 것이다.

형운이나 귀혁은 이런 속사정까지는 알지 못했다. 그리고 알았더라도 그들의 행동에 대한 감상이 변하지는 않았을 것이다.

"꺼림칙하기는 하지만 놈들은 무해하다고 봐도 될 거다. 놈들을 찾고자 하는 것은 의미가 없으니 흑영신교 놈들에게만 집중해도 되겠지."

"그렇지요."

"혼원의 마수, 확실히 일회성이기는 해도 움직이는 재난과 같은 전술 병기지. 놈들이 하는 짓이 갈수록 끔찍해지는군."

귀혁은 형운에게 들은 이야기만으로도 흑영신교가 혼원의 마수를 만들어내는 비술을 진일보시켰음을 알 수 있었다.

혼원의 마수의 성능 자체도 그렇지만 그것을 만들어내는 방식도 훨씬 다듬어졌다. 미리 끔찍한 인신공양의 과정을 처리해 두고 원하는 순간에 투입할 수 있다는 점에서 이전과 비교할 수 없을 정도로 위험도가 커진 셈이다.

"천두산에서는 더 끔찍했습니다."

천두산에는 혼원의 마수를 바탕으로 한 마혈이 여덟 개체나 투입되었다.

형운은 마혈을 쓰러뜨린 것, 그리고 대마수 흑암검수과 팔대호법 암월령을 격파한 과정을 이야기했다. 이것에 대해서 듣는 동안에는 귀혁도 시종일관 심각한 기색이었다.

"마혈이라는 것도 정보 없이 마주치면 정말 위험한 놈들이군. 어지간한 고수라도 순식간에 살해당하겠어."

"그렇지요. 그 자체로 대요괴라 칭할 만한 힘을 지니고 있었습니다."

"특수한 목적으로 만들어졌음을 생각하면 추후에는 다시 볼 확률이 낮겠지. 하지만 대비할 필요가 있겠구나. 굳이 마혈이 아니더라도 혼원의 마수의 성능에 반영될 수 있을 테니."

흑암검수의 경우는 앞으로는 걱정할 필요가 없다. 그는 병

기수 중에서도 특수한 과정을 거쳐서 탄생한 유일한 존재였고, 형운에게 죽어버렸으니까.

"암월령은 좀 아쉽구나."

"직접 상대해 보고 싶으셨군요."

"원래는 나를 잡겠다고 만들어진 존재가 아니었더냐. 뭐, 내 제자인 네 손에 박살 난 것도 나름 의미가 있다고 하겠다마는, 이야기를 들어보니 확실히 강적이었을 것 같아서 좀 아쉬운 마음이 드는구나."

흑영신교가 귀혁을 잡겠다고 발전시킨 방법은 거의 한 전장에 얼마나 압도적인 화력과 물량을 구현하는가에 치중하고 있었다.

하지만 암월령은 완전히 그 반대쪽 극단이다. 백마를 모방하여 만마를 몸에 담은 것조차도 격투 능력을 극한까지 끌어올리기 위한 수단에 불과했으니……

"신기(神氣)를 다루었다는 점에서 나를 위협할 가능성은 충분했을 게다."

"제가 비교적 쉽게 승리할 수 있었던 것은 운룡기가 있었기 때문이었으니까요. 운룡기가 없었어도 승산은 있었겠지만 훨씬 힘든 싸움이 되었겠죠."

형운은 암월령보다는 뒤떨어져도 괴물 같은 신체 능력과 강호 최강의 내공, 그리고 운화라는 능력이 있는 데다 무극지경의 영능도 두 가지나 갖고 있는 별격의 존재다.

그에 비해 귀혁은 무인으로서는 최고의 경지에 달했어도 어디까지나 인간이다. 상성상 형운보다 암월령을 상대하기 까다로웠으리라.

"네가 놀러 다니는 척하고 일하는 동안 나도 이런저런 대비책을 많이 세워뒀으니 그걸 실험해 볼 만한 기회가 되었을 것을. 뭐, 조만간 기회가 올 테니 지금은 제자의 업적을 칭찬해야겠지."

"또 이 제자에게 물려줄 밑천을 많이 만들어두신 모양이군요. 역시 사부님이 최고입니다."

"……."

"왜요?"

"내 제자가 이렇게 뻔뻔했나 생각해 보니, 1년 전에도 뻔뻔하긴 했지. 그런데 왠지 한층 더 뻔뻔해진 것 같구나."

"나이 먹은 만큼 성장했다고 생각해 주시죠."

그 말에 귀혁이 코웃음을 치고는 말했다.

"하지만 이 사부가 준비한 밑천은… 지금의 너로서는 털어가기가 좀 힘들지도 모른다만?"

"또 굉장히 어려운 걸로 준비하신 모양이네요."

"조만간 시간을 내서 맛보기 정돈 보여주마. 네 도움을 받아야 할 일도 있으니."

"제 도움이요?"

"그래. 꼭 네가 필요한 일이지."

의미심장하게 말한 귀혁이 턱을 쓸며 말했다.

"하지만 내가 시간을 내도 네가 시간이 날지 걱정이로구나."

영성인 귀혁이 그렇게 말할 정도로, 형운의 앞으로의 일정이 살인적일 것은 이미 예고된 바였다.

"괜찮아요. 지금 이 손에 쥔 권력을 만끽하면서 아랫사람들에게 최대한 떠맡길 생각이니까요."

"……."

"왜요? 그래도 눈코 뜰 새 없이 바쁠 거예요. 일에 치여서 죽지 않으려면 미루는 법을 연마해야죠. 사부님도 예전에 석준 아저씨한테 다 미뤄놓으시고서는."

"…내 제자가 그런 것도 참 잘 배웠군."

할 말이 없어진 귀혁이 슬그머니 시선을 피하며 헛기침을 했다.

형운은 해룡성에서 운성왕자와 가연국 대사를 만난 이야기를 해주었다. 귀혁도 가연국에 대해서는 루안과 만나기 전의 형운 정도의 지식밖에 없었는지라 대단히 흥미로운 경험담이었다.

"재미있는 곳이구나. 정공으로는 마공을 당해낼 수 없다

라. 확실히 별의 수호자의 존재가 없다면 그렇게 될 수밖에 없겠지."

원래 마공이란 인류를 저버리는 대신 빠르게 힘을 얻는 방법이다. 그러나 중원삼국에서는 별의 수호자의 비약이 정공으로도 빠르게 힘을 키울 수 있게 만들었고, 그것이 당연한 과정이 된 역사 속에서 무인들의 평균적인 내공 수준과 최대치가 엄청난 수준까지 상승했다.

전 세대까지는 그 정점에 선 것이 귀혁이었다. 그리고 이번 세대에는 형운이 최고치를 경신했다.

"하지만 그렇지 못한 곳에서는 정말로 내공을 연마하는 속도에 있어서는 마공이 훨씬 우위일 수밖에 없고, 그것을 넘는 방법은 대영수의 혈통처럼 탁월한 요소를 타고나서 출발점 그 자체가 남들보다 훨씬 앞서 있는 경우밖에 없겠지. 아주 흥미롭다. 무공이 민간에 퍼져 있지 않고 사회 지배층과 군부가 독점하고 있다는 점도 그렇고."

"그쪽 무신통의 강자가 중원삼국의 심상경의 고수에 비해 적은 느낌이 드는 것은 역시 영신단을 통한 무인 양성이 재능에 의존하는 바가 크고, 무공을 연마하는 인원이 그만큼 제약된다는 것도 있겠죠."

"그럴 것이다."

순수한 인간이 힘을 쌓는 것을 전제로 만들어진 기심법과 달리 영신단은 애당초 영적인 자질을 타고나는 것을 전제로 만들어졌다. 기술 자체가 재능에 큰 비중을 둔 채로 발전한 것이다.

"그 말을 듣고 보니 난 오히려 가연국의 마공이 어떤 형태로 발전했는지 관심이 가는구나. 하지만 그건 접할 기회가 없으니 무학자로서는 아쉬운 일이군."

"은퇴하시고 나면 가연국에도 한번 가보시면 되죠."

"그거 괜찮군. 제자 둔 덕을 좀 볼 수 있겠구나."

"아, 그리고 장로회에서도 말했다시피 가연국의 대사가 방문할 텐데 괜찮으시면 그때 그쪽 사람 좀 봐주시겠어요?"

"음? 가연국의 무인을 봐달라는 말이냐?"

"네, 상당한 고수이기는 한데 심상경의 무인, 그쪽에서는 무신통의 고수와 겨뤄본 경험을 얻고 싶어 하더군요. 만약 사부님이 상대해 주시면 굉장히 큰 은혜로 여길 겁니다."

"가연국의 무인이라면 기심법이 아니라 영신단을 바탕으로 하는 무공을 익히고 있겠지. 흥미야 있다만 굳이 영성인이 사부를 그런 일에 동원할 생각이냐?"

객관적으로 보면 영성인 귀혁에게 이런 요청을 하는 것 자체가 무례하게 보일 수 있다.

하지만 형운이 히죽 웃었다.

"흥미로우실걸요. 영신단의 요체에 대해서는 제가 상대하면서 파악해 둔 게 상당하거든요. 그 자료를 바탕으로 사부님이 상대해 보시면 알맹이를 쏙쏙 뽑아낼 수 있을 거예요. 하는 김에 하령이도 끼워서 같이 진행해 보면 아예 영신단 그 자체를 재현하는 게 가능할 수도 있죠."

"……."

"싫으세요?"

"내 제자가 참……."

귀혁이 한숨을 쉬었다.

"사람 움직이는 법이 너무나 능숙해졌군. 좀 기분 나쁠 정도야."

"에이, 좋으시면서 왜 그러신대요. 이 제자가 사부님을 생각하는 마음으로 고심한 건데."

"알겠다. 영신단에 대한 자료나 정리해서 내놓거라."

"네."

형운은 악동처럼 웃으면서 품에서 한 권의 책을 꺼내서 귀혁에게 건넸다.

"음?"

"제가 또 사부님이 그러실 줄 알고 미리 정리해 뒀죠. 누나하고 유하, 곡정이도 같이 달려들어서 정리한 거라 양이 꽤됩니다. 요점 정리가 잘되어서 사부님이면 바로 써먹으실 수 있을 거예요."

"……."

귀혁은 참 뭐라고 말해야 할지 모르겠다는 표정을 짓고 말
았다.

제184장
특무대주

성운을
먹는자

1

총단에 복귀한 후 형운은 곧바로 백수 생활을 졸업했다.

'특무대주 형운'.

황실 거래를 골자로 하는 특무대가 설립되고, 형운에게 그 대주직이 주어진 것이다.

언뜻 보면 조직이 유지되는 기간이 한정되어 있으니만큼 별 실권이 없는 사리처럼 보였다. 하지만 실제로는 그렇지가 않았다.

특무대를 통해서 추진되는 일이 하나같이 별의 수호자의 미래에 큰 영향을 끼칠 것들이었고, 규모도 이권도 어마어마한 것이다.

이에 한몫 끼고 싶어 하는 총단의 조직들이 앞다투어 인재를 파견했다.

지원자가 넘쳐서 형운은 굳이 사람을 구하겠다고 여기저기 다닐 필요도 없이 방문하는 이들을 모아서 면접을 보고 원하는 사람을 골라잡아야 했다.

이 과정은 꽤나 피곤한 일이었다.

단순히 유능한 사람, 필요한 사람을 고르면 다가 아니었다.

특무대 지원자들은 그 자체로 그들을 보낸 조직의 정치적 의도가 담겨 있었다. 형운 입장에서도 무시할 수 없는, 예를 들면 장로들이나 성운검대주, 기공원주 같은 유력자들을 섭섭하게 만드는 것은 또 피해야 할 일이었다.

"아이고, 사람 뽑다 말라죽겠네."

연일 계속되는 면접, 그리고 조직 구성을 체계화하는 과정은 그야말로 격무였다.

그나마 다행스러운 점은 총단의 유력자들은 다들 형운의 성격과 정치적 지향점을 알고 있다는 것이다. 그래서 지원자 대부분은 출신 성분이나 배경을 내세우기보다는 스스로 능력을 입증한 이들이었다.

즉, 일류급 인재들이 발에 차일 정도로 많아서 도대체 누굴 골라야 하는지 고민하는 상황인 것이다.

"그래도 다들 확실히 능력이 있더군요. 뽑아놓고 일 맡기면 바로바로 진행이 되니."

가려가 말했다.

그녀 역시 별의 수호자 소속이지만 직위는 없는 그런 애매한 상황을 마무리했다. 다시 정식으로 형운의 호위 책임자를 맡은 것이다.

"슬슬 부대주나 단주쯤은 맡았어도 이상하지 않은 사람들이 많으니까요."

능력으로 성과를 쌓아 올려도 올라갈 수 있는 자리는 한정되어 있다. 그 자리가 비기 전까지는 정체될 수밖에 없는, 그러다가 경력의 절정기가 지나서 한직으로 내쳐질 수도 있는 이들이 한둘이 아닌 것은 거대 조직의 숙명이리라.

그런 이들에게 장래에 큰 도움이 될 만한 경력을 쌓을 수 있는 기회가 주어진 것이다. 다들 자기 능력을 입증하고 싶어서 안달이 나 있었다. 그 결과 척마대 설립 초창기와는 비교도 안 되는 속도로 업무 체계가 정리되어 가고 있는 중이다.

"뭐, 사람 뽑는 거야 힘들긴 해도 착착 진행이 되고 있으니까 다행인데… 진짜 골칫거리는 장로님들이에요."

야만의 땅에 파견되는 자리를 두고 장로들끼리 경쟁이 붙었다.

다 크다 못해 나이 먹을 만큼 먹은 노인들이, 별의 수호자라는 거대 조직의 최고 권력자들이 다들 자기 좀 보내달라고 떼를 쓰는데 형운 입장에서는 정말 인생에 다시없을 난제를 만난 기분이다.

마음 같아서는 그냥 장로들 다 가라고 하고 싶지만 그럴 수도 없다. 그들이 자리를 비우면 안 돌아가는 일이 한둘이 아니다.

'그나마 이 장로님은 그런 말씀 없으신 게 다행이지.'

이 장로는 천공지체 연구에 전념하느라 야만의 땅에는 흥미를 보이지 않았다.

가려가 물었다.

"황궁으로 물품을 운송하는 일에는 직접 나서실 겁니까?"

"아뇨, 황실에서 이쪽으로 파견하는 인원에게 일월성단급 비약을 복용시키는 건을 제가 처리해야죠. 물품 운송은 오성급 인사를 움직일 수도 있으니까요."

"오성입니까……."

"이럴 때 아니면 언제 오성을 부려먹어 보겠어요?"

확실히 황실에 물건을 가져가는 일은 오성이 나설 만한 업무였다. 특히 이번처럼 큰 거래라면 더더욱.

"아무래도 황궁까지 왔다 갔다 하는 일은 다른 사람들에게 맡겨둘 수밖에 없고. 황손들하고는 직통으로 연락이 가능하니까 그건 통신으로 처리해야죠."

황손들은 형운에게 약속한 일을 처리하는 데 있어서는 아예 직통 연락을 허락해 주었다. 이 또한 엄청난 배려였다.

문득 가려가 말했다.

"슬슬 척마대주님을 만나러 가실 시간입니다."

"아, 벌써 그렇게 됐나요?"

형운의 호위 책임자이며 유일한 호위무사가 된 가려는 일정 관리도 맡고 있었다. 실질적인 부관 역할이기에 업무 중에는 다른 사람 앞에서도 모습을 드러내고 있는 시간이 많아졌다.

곧 형운은 척마대로 향했다.

이미 해가 저문 지 오래라 척마대 본부도 다들 퇴근해서 한산한 분위기였다.

"오랜만이군."

남아서 야근을 하고 있던 척마대주 백건익이 웃음으로 형운을 맞이했다.

"신수가 훤해 보이십니다."

"그런가? 요새는 일에 치여서 야근을 안 한 날이 없네만."

"저만 하시겠습니까?"

"물론 요즘 자네만큼 일이 많은 사람은 이 총단에는 없지."

백건익이 껄껄 웃었다.

그와 마주 앉은 형운이 말했다.

"심상경에 오르신 것을 축하드립니다."

"마 부대주에게 들었나?"

"예. 잘난 척을 있는 대로 하던데요? 백 대주님이 심상경에 오른 티를 풀풀 내고 다녀서 그거 지적해서 고쳐줬다고."

"허 참. 뭐, 사실이기는 하네. 난 그걸 감춰야 한다는 것조차도 몰랐거든. 가르쳐 줄 사람이 없어서 애먹을 줄 알았는데 해보니까 어렵진 않더군."

"그렇지요. 심검(心劍)은 완성하셨습니까?"

"완성했네."

"다행이군요. 그런데 혹시 검, 몇 자루나 날려먹으셨습니까?"

그 물음에 백건익이 형언할 수 없는 감정을 표정으로 드러내었다.

"100자루를 넘었을 때부터는 세는 것을 포기했지."

"……."

"그래도 300자루는 안 넘었을 것 같군. 날려먹은 수집품들을 생각하면 눈물이 앞을 가리지만… 그 대가로 심검을 얻었으니 내 애검들도 편히 눈을 감았으리라 믿네."

평생에 걸쳐서 수집한 검들을 모조리 잃어버린 애검가의 아픔이란 형운으로서는 상상할 수 없는 것이었다.

비련의 주인공처럼 슬픔에 잠겨 있던 백건익이 자신이 시련을 극복해 낸 과정을 이야기해 주었다.

"먼저 나는 똑같은 검을 필요로 했네. 내가 만족할 만큼 잘 만들어졌으면서도 잃어버리면 몇 번이고 똑같은 것을 준비할 수 있는 그런 검을."

그래서 제작부를 괴롭혔다. 대주급 인사들도 만족할 수 있는 질을 갖춘 맞춤형 검을 만들 수 있으며, 몇 번이고 같은 사양의 검을 제작해 줄 수 있는 그들을.

"제작부장님이 한 소리 했다고 들었는데 그게 그런 이유였군요?"

"그랬지. 불같이 화를 내서서 진정시키느라 애먹었네. 정말 온갖 사탕발림을 동원했지."

백건익이 흠흠, 하고 헛기침을 했다.

"제작부가 고생해 준 덕분에 나는 한 100자루쯤 검을 잃은 시점에서 심검의 기화와 물질화 양쪽을 터득하는 데 성공했지."

"음? 그럼 왜 300자루 가까이 잃어버리신 겁니까?"

"그야 당연히 다른 검으로도 펼칠 수 있게 되기 위해서였네."

백건익은 처음 물질화를 성공시킨 그 검으로는 완벽하게 심검을 펼칠 수 있었다.

그리고 제작부를 괴롭힌 보람이 있어서, 같은 사양으로 제작된 여분의 검들로도 심검을 펼치는 데 성공했다.

"그 검들은 나만을 위한 규격품이나 마찬가지라 어느 것을 쥐든 심검을 완벽하게 펼칠 수 있었네. 하지만 그 검들 말고 다른 검을 써보니 역시 안 되더군."

그때부터는 제작부 괴롭히기는 끝이 나고 나서 애검가의 시련이 재개되었다.

펼치고, 잃고, 펼치고, 잃고…….

수백 번 같은 과정을 반복하면서 백건익은 한 가지 궁리를 시작했다.

"검을 기화시켰다가 다시 물질화시킬 수 있을 정도로 잘 안다는 것, 그 의미를."

처음에는 자신의 손에 익어서 손발의 연장처럼 잘 쓸 수 있는 애검으로만 심검을 성공시킬 수 있었다. 하지만 그가 아는 고수들을 보면 그런 제약을 넘어서지 않았던가?

"형운, 자네만 해도 그렇지."

형운은 검의 달인이 아니다. 그런데도 아무 검으로나 심검을 완벽하게 펼칠 수 있었다.

"인식이 한 차원 발전해야만 도달할 수 있는 경지라면 그 차이는 대체 무엇인가. 그것에 대해서 골몰하다가 답을 얻었네."

세상 만물은 기(氣)로 이루어져 있다. 그렇다면 자신이 알아야 할 것은 손에 쥔 검의 형태와 무게가 아니라 그것을 이루는 기(氣)의 형질이 아닐까?

"그것이 정답이었네."

형운의 칭찬에 백건익이 쑥스러워하며 웃었다.

심상경의 절예를 숙련한 자들은 기술을 펼치기 전에 의식이 심상경의 영역에 도달한다. 심상경의 영역에서 물질을 관측함으로써 현실에서 보는 것으로는 파악할 수 없는 본질을 꿰뚫는 것이다.

형운이 물었다.

"그럼 이제는 특정한 검에 구애받지 않으시는 겁니까?"

"그렇다네. 보여주지. 자네에게 보여줄 날만을 기다렸다네."

백건익은 그들을 데리고 척마대 연무장으로 향했다.

신이 난 모습을 보니 이 화제로 이야기하고 싶어서 입이 근질거렸던 것이 분명했다.

하긴 백건익 입장에서는 이런 이야기를 할 만한 사람이 많지 않았다. 심상경의 고수가 아니라면 말해봤자 공감을 사기 어려운데 백건익 입장에서 편하게 이야기할 수 있는 심상성의 고수가 누가 있겠는가?

백건익은 연무장 한구석에 비치된 연습용 가검(假劍)을 허공섭물로 불러들여 쥐었다. 그리고 정신을 집중하더니 심검을 펼쳤다.

─심의검(心意劍)!

그의 손에서 가검이 빛으로 화했다가 다시 원래의 형태로 돌아왔다.

툭…….

그리고 10장 너머에 있던 검술 연습용 기둥이 깨끗하게 잘려서 바닥에 떨어졌다.

백건익이 환하게 웃으며 말했다.

"전부 자네 덕분일세. 자네가 아니었다면 결코 여기까지 올 수 없었겠지."

"제가 한 일은 약간의 도움을 드린 것뿐입니다. 백 대주님 이라면 제 도움이 없었더라도 10년 안에는 이 경지에 도달하셨겠지요."

"그 10년이 얼마나 귀중한지 알고 하는 말인가?"

"그렇게 생각하신다면 앞으로도 많은 도움 부탁드립니다."

형운이 빙긋 웃으며 말하자 백건익이 껄껄 웃었다. 그리고 가검을 던져서 정확히 원래 있던 자리에 꽂아놓으며 말했다.

"그러고 보니 또 재미있는 일거리를 물고 왔던데, 거기에 대해서도 들어야겠군."

"용무문과의 공동작전에 대한 것은 제안서만 보내면 바로 추진할 수 있을 겁니다. 그리고 백 대주님이 좋아하실 제안이 하나 더 있습니다만."

"천하십대문파인 용무문의 실력을 볼 기회 이상으로 내가 좋아할 제안이 있단 말인가?"

"바로 그겁니다."

"음?"

"용무문의 진짜 실력을 볼 기회죠."

형운이 용무문 장로 청룡검 임두호의 제안을 말해주자 백건익의 눈이 반짝반짝 빛나기 시작했다.

"최대한 빠르게 공동작전을 추진해야겠군. 천하십대문파와의 첫 협업이니만큼 이쪽에서도 대주인 내가 직접 나서는 게 예의겠지."

백건익은 사심을 풀풀 풍기면서 말했다.

그와 용무문과의 협업에 대해서 자세한 이야기를 나눈 형운이 다른 화제를 꺼냈다.

"제가 당분간 엄청 바쁠 테니 오늘 만난 김에 아예 일을 다 마무리해 두지요. 왕일의 향후 거취에 대해서도 이야기하고 싶습니다."

형운의 호위단주인 왕일과 호위단원들은 파견이라는 형식으로 백건익의 호위를 맡고 있었다.

그런 상황에서 형운이 복귀하자마자 가려를 호위 책임자

로 삼았으니 처지가 참 애매하게 되었다. 하지만 형운은 이미 그들에 대해서도 생각해 둔 바였다.

"지난 1년간 그들을 써본 감상은 어떠십니까?"

"만족스러웠네. 잘 교육받았더군. 파견 경호대주였던 내 눈으로 봐도 말일세."

백건익은 솔직한 감상을 말했다.

호위무사로서의 기량은 개인의 무공이 얼마나 뛰어난가와 는 별개의 것이다. 그런 점에서 왕일과 호위단원들은 가려에 게 혹독하게 훈련받은 과거가 있기에 호위무사로서의 기량이 출중했다.

형운이 말했다.

"왕일도 그렇고 다른 단원들도 그렇고 제 밑에서 마음고생 을 많이 했지요. 제가 직위하고 상관없이 여기저기 끌려다닌 일이 많았으니까요."

"확실히 자네가 맡은 일들은 좀 많이 중구난방이었지."

"그래서 말인데, 파견을 마무리했으면 합니다. 아예 정식 으로 척마대주 호위단을 만들고 그들을 그 구성원으로 유지 했으면 하는데 어떠십니까?"

"사실상 내게 준 것이나 다름없던 인력을 일말의 여지도 남기지 않고 완전히 주겠다는 말이군. 나야 거부할 이유가 없 네만 자네는 괜찮겠나?"

왕일과 호위단원들은 형운이 기초부터 키워준 인물들이다. 형운 자신이 어떤 상황에 처하더라도 그들을 자신의 사람으로 써먹을 수 있을 텐데 이런 식으로 풀어주는 것은 꽤나 파격적인 조치라고 할 수 있었다.

"당장 쓸 것도 아닌데 쓸모 있으니까, 언젠가 써먹을 수 있을지도 모르니까 내 것으로 묶어둔다……. 그런 짓은 하고 싶지 않습니다. 제가 날갯짓할 기회를 줄 수 없다면 풀어줘야겠지요."

"자네는 참……."

백건익이 흘끔 벽 건너편을 바라보았다. 그곳에서 호위 임무를 수행 중인 왕일이 동요했는지 은신술이 흐트러진 것이 느껴졌기 때문이다.

"그들을 잘 부탁드립니다."

"알겠네."

백건익은 형운의 제안을 받아들였다.

형운이 가려와 함께 척마대 본부에서 나와 거처를 향해 걷고 있을 때, 뒤쪽에서 인기척이 느껴졌다.

달빛 아래 왕일과 두 명의 호위단원들, 형운의 호위단 설립 때의 인원들이 서 있었다.

"공자님……."

백건익의 허락을 받고 달려오기는 했지만 뭐라고 말을 해야 할지 모르겠다. 가슴속에 오만 가지 감정이 휘몰아치는데 그것을 표현할 말이 떠오르지 않았다.

그런 그들에게 형운이 다가갔다. 그리고 왕일의 어깨를 두드려 주며 말했다.

"그동안 미안했어. 나 같은 사람을 상사로 만나서 마음고생도 심했지?"

그 말에 호위단원들이 깜짝 놀랐다. 하지만 형운은 한 사람 한 사람의 어깨를 두드려 주며 말했다.

"백 대주님이라면 나처럼 골치 아픈 상사는 아닐 거야. 호위무사로서 모시기도 나쁘지 않을 거고. 앞으로 잘해봐."

"아, 아닙니다, 공자님!"

왕일이 다급하게 말했다. 그리고 다른 두 사람과 눈을 맞추고는 일제히 고개를 숙였다.

"정말 감사했습니다. 공자님이 아니었다면 저희들은 이런 기회는 꿈도 꾸지 못했을 겁니다. 이 은혜는 결코 잊지 않겠습니다."

형운은 잠시 놀란 눈으로 그들을 바라보다가 고개를 끄덕였다.

"고마워."

그들은 형운이 돌아서서 멀어지는 동안에도 계속 고개를 숙이고 있었다. 더 이상 형운이 보이지 않을 때까지 계속.

2

형운은 원래 복귀하면 그동안 못 본 사람들을 하나하나 만나고 다닐 생각이었다.

하지만 복귀하자마자 특무대가 설립되고 특무대주 자리에 앉고 나니 여유가 하나도 없었다. 백건익과 만난 것도 척마대주와 만나서 처리해야 할 안건이 있었기 때문이지 그냥 만나고 싶어서 찾아간 게 아니었다.

조금 여유가 나기 시작한 것은 복귀 후 보름이 지난 시점이었다.

"후우."

형운은 특무대 임시 본부를 나서며 한숨을 쉬었다.

그동안 300명이 넘는 인원을 뽑아서 특무대원으로 배치했다. 그중에서 경력이 눈에 띄는 네 명을 부대주로 앉혀놓고 특무대가 관리하는 일에 낄 외부 조직의 인력 관리를 맡기고 나니 그제야 좀 여유가 생기기 시작했다.

그림자처럼 형운을 따라나선 가려가 말했다.

"조직을 만드는 경험은 원 없이 해보시는군요."

"그러게요. 척마대에 이어 한 번 더 겪고 나니 다음번에는 훨씬 쉽게 할 수 있을 것 같은 기분이 드네요. 물론 실제로 해

보면 안 그렇겠지만."

원래는 소규모의 인재 파견단을 창설할 생각이었다. 그런데 기간 한정이기는 해도 척마대에 필적하는 규모의 특무대를 창설해서 굴리게 될 줄이야. 역시 인생은 한 치 앞을 알 수 없었다.

그렇게 여유가 생긴 형운은 짬짬이 사람을 만나고 다녔다.

"네가 나한테도 머나먼 이국땅의 손님하고 한판 붙으면서 밑천을 털어내는 비겁한 일거리를 던져주셨다면서?"

얼굴을 보자마자 나른한 얼굴로 쏘아붙인 것은 서하령이었다.

형운이 말했다.

"하기 싫으면 안 해도 되는데? 사부님 혼자 하신다고 뭐 문제 있나?"

"하여튼 어쩜 이리도 밉상이니. 가 무사도 불쌍하지. 어쩌다가 이런 남자한테 마음을 줬담."

"…곡정이한테 들었어?"

"보자마자 조잘조잘 떠들어대더라. 일단은 축하해 줄게."

"일단은은 뭐냐, 일단은은?"

"아, 곡정이가 예은이한테 청혼한 건 알지?"

서하령은 형운의 투덜거림을 싹 무시하고 물었다.

참으로 그녀다운 태도에 형운이 피식 웃었다.

"응. 예은이가 말해줬어. 조만간 일을 그만두게 될 것 같다고."

"역시 일 그만두는구나."

"지금까지도 곡정이는 그만뒀으면 하는 눈치였다고 하더라. 예은이가 어려서부터 시비 일을 해왔고 거기에 자부심도 있어서 함부로 그런 말은 못 한 모양이지만… 뭐, 그 심정 이해는 해. 자기 연인이 친구 시중드는 일을 하고 있으면 기분이 좀 그렇겠지. 그렇다고 자기 시비로 오라고 할 수도 없는 노릇이고."

시비 중에는 혼인하고 나서도 일을 계속하는 사람들도 많다. 하지만 형운과 마곡정의 관계가 있고, 또 마곡정의 사회적 지위도 있으니 예은이 시비 일을 계속하기는 힘들다.

"예은이는 후임자가 구해지고 인수인계할 때까지는 있겠다고 했는데, 그냥 혼인식 날짜 잡히면 바로 그만두라고 했어."

형운이 어렸을 때부터 전속 시비 일을 해온 것이 예은 혼자는 아니었으니 인수인계 문제는 별로 걱정할 필요가 없었다.

"언젠가 이런 날이 올 줄은 알았지만, 정말 닥치고 나니 참 기분이 묘해. 기쁘기도 하고 아쉽기도 하고 그렇네."

"예은이는 일 그만두면 뭐 한대?"

"글쎄. 어려서부터 계속 시비 일만 해와서 다른 일은 뭘 해야 할지 모르겠다는데. 그냥 곡정이네 마님이 되지 않을까?"

"하긴 예은이는 딱히 야심이 있는 건 아니니까."

"너처럼?"

"응, 나처럼."

서하령이 미소 지었다.

그녀는 재능이 있었고 능력도 있었으며 그에 어울리는 야심도 있었다. 외조부인 이정운 장로의 뒤를 이어 별의 수호자의 장로가 되겠다는 목표는 차근차근 진행되는 중이다.

문득 형운은 그녀를 빤히 바라보았다. 무언가를 눈치챈 것처럼.

서하령이 물었다.

"왜 그렇게 봐?"

"아니……."

"알아봤구나?"

형운이 얼버무리려는데 그녀가 장난스럽게 웃으며 물었다. 형운이 고개를 끄덕였다.

"8심 됐구나."

서하령의 기심이 여덟 개로 늘어 있었다.

형운이 여행을 떠나기 전, 그녀의 내공은 7심이었으니 그동안 한 단계 진보한 것이다.

"역시 무서운 눈이야. 그 눈이 너 같은 돌머리가 아니라 귀혁 아저씨에게 주어졌어야 하는 건데."

"꽤나 무섭게 들리는 소리다만. 그리고 사부님은……."

"알아. 나도 같이 연구했는걸."

"그러면서 그런 소리를 하냐?"

형운이 구시렁거렸다.

그가 일월성신을 이룬 후에 겪은 모든 변화, 모든 비밀을 아는 것은 귀혁뿐이다. 그리고 귀혁은 단지 그것을 지식으로 아는 것으로 만족하지 않았다. 형운을 발전시키기 위한 연구 자료로 쓰는 한편 스스로도 그 능력을 재현하기 위해 노력해 왔다.

형운이 물었다.

"그런데 갑자기 내공이 한 단계 오르다니, 일월성단이라도 추가로 복용한 거야?"

"아니. 천명단의 반복 복용 실험을 했거든."

아무리 뛰어난 비약이라도 같은 종류의 비약은 두 번 먹을 때부터는 효과가 급감한다.

이 장로는 천명단을 반복해서 복용할 시에 반감되는 효과가 어느 정도인지 자세하게 파악해 두고 싶어 했고, 그래서 서하령을 포함해서 몇 명의 피험자를 선정하여 실험을 진행했다.

"한 달에 한 개씩, 총 다섯 개를 복용했어. 확실히 복용할 때마다 효과가 큰 폭으로 떨어지긴 했지만 그래도 8심에는 올랐지."

"……."

일월성단급 비약인 천명단을 다섯 개나 먹다니, 대체 이 무슨 끔찍하기까지 한 호사란 말인가?

서하령이 화제를 돌렸다.

"위진국 본단 쪽 일에 대해서는 들었어?"

"들었지. 난리도 아니었다며?"

"총단이 들썩거렸지. 너는 그때 여기 없어서 모르겠지만 하운국 출신자들과 위진국 출신자들 사이의 분위기가 장난이 아니었는걸."

"그럴 만한 일이었구나."

"총단 출신인 우리는 실감하기 어려운 일이지. 처음부터 여기서 경력을 시작했고 당연히 여기를 세상의 중심으로 여기니까. 하지만 위진국 출신자들에게는 아주 크게 와 닿는 사건이었던 것 같아. 화성을 만나서 이야기해 봤는데, 솔직히 감동했어."

"네가?"

"왜? 내가 감동받으면 안 돼?"

서하령이 새초롬하게 눈을 흘겼다. 형운이 아니었으면 누구든지 한 방에 반해 버렸을 매력적인 표정이었다.

형운이 어깨를 움츠리자 서하령이 흥, 하고 코웃음을 쳤다.

"둘째 제자분이랑 같이 찾아왔었거든."

화성 하성지의 둘째 제자 신소정은 무학자로서 성운의 기재인 서하령에게 깊은 흥미를 갖고 있었다.

오연서의 부탁으로 자리를 마련했는데, 결과적으로 서하령 역시 신소정의 무학자로서의 관점과 통찰력에 깊은 인상을 받아서 그 후로도 지속적으로 교류를 이어가게 되었다.

그리고 하성지도 몇 번 그 자리에 끼어서 이야기를 했는데, 사적인 자리라 그런지 업무로만 대했던 그동안에는 알 수 없었던 면모를 많이 볼 수 있었다.

특히 서하령과 하성지는 서로가 품은 야심에 공감했다. 그녀는 서하령이 장로가 되고자 하는 것을 순수하게 응원해 주었고, 서하령은 그녀가 무엇과 싸워왔는지에 대해 알고 그녀에게 호감을 갖게 되었다.

"그 전까지 우리는 위진국의 권력자인 화성의 모습만을 보았지. 그다음으로는 정치적인 협력자로서의 모습을 본 게 다였어. 하지만 우리가 당연하다고 생각했던 위진국 본단의 분위기가 만들어지기까지 그분이 얼마나 많은 싸움을 겪어왔는지를 알게 되니… 웅, 솔직히 감동했어."

하성지에게 호감을 갖게 된 서하령은 개인적으로 그녀의 과거에 대해서 조사해 보았다.

기록을 찾아본 것이 아니라 외조부인 이정운 장로를 비롯해서 그 과정을 알고 있는 사람들에게 물어본 것이었다.

하운국 출신자들은 대부분 그녀의 공적을 폄하하고 반감을 가졌다. 하지만 위진국 출신자들의 분위기는 전혀 달랐다.

"절대적으로 불리한 상황에서 출발한 싸움이었어. 패배주의에 찌든 사람들을 어떻게든 일으켜 세워가면서 싸우고 또 싸워서 기어이 지금 상황을 이뤄낸 거지. 수백 년 동안 유지되던 체제를 바꾸다니, 대단하지 않아?"

영수상회의 존재는 큰 성과지만 그보다 더 대단한 것은 위진국 본단의 장로 임명이다.

오로지 하운국 총단에만, 열두 자리만이 존재하던 장로의 자리.

하성지는 자신의 남편과 함께 수십 년을 싸운 끝에 그 전통과 체제를 무너뜨리고 만 것이다.

아직 정식 장로 임명이 이루어지지는 않았다. 하지만 장로회 내부의 여론도 기울 대로 기운 상태이니 시간문제일 뿐이다.

"아마 올해 내로 정식 장로 임명이 이루어질 거야. 또다시 시대가 움직이는 거지."

형운이 일월성신이 된 후로 달라진 것만큼이나 많은 변화의 물결이 밀려올 것이다.

"나는 위로 갈 거야. 그 흐름에 몸을 맡기는 것뿐만이 아니라 그 선두에 서서 미래를 개척하고 싶으니까."

그녀에게는 구체적인 목표가 존재한다. 음공원주로서 음공을 대중화하고 그것을 통해 더 높은 영역을 탐구하는 일은 착착 진행되어서 성과를 내고 있다.

또한 연단술사로서도 성공적인 과정을 밟고 있다. 그녀는 종종 천명단 제조를 돕고 있으며, 조만간 고위 연단술사가 되는 검증 절차라고 할 수 있는 일월성신 안정화 작업에 도전할 계획이었다.

그리고 최근에는 무학자로서의 활동도 시작했다. 귀혁과 함께 공동 연구를 진행하여 성과를 냈고, 그녀 개인이 발표한 것 역시 무학원에서 높은 평가를 받았다.

"공부할 게 너무 많아. 평생을 공부해도 모자라다고 느끼겠지."

서하령은 자신이 축복받은 환경을 가졌음을 알고 있었다. 원 장로처럼 타고난 천재도 환경의 불리함을 극복하기 위해 삶의 많은 부분을 희생해야 했다. 하지만 총단 출신이며 연단술사들에게 가장 존경받는 이 장로의 외손녀인 서하령은 하고자 하는 일에 막힘이 없었다.

그렇기에 서하령은 생각했다. 남들보다 축복받은 출발점을 받은 자신은 더 많은 것을 이루어내야만 한다고. 그것이 하늘이 자신에게 이런 재능과 환경을 준 이유라고.

"그러니까 앞으로도 많은 협력 부탁해, 특무대주님."

"아주 사람 등골을 빼먹겠다고 당당하게 선언하는구나?"

"어머, 네가 그렇게 말하면 안 되지. 우정의 이름으로 사람을 부려먹은 적이 한두 번도 아닌 분께서."

"그 점에서는 할 말이 없군."

형운이 어깨를 으쓱하자 서하령이 깔깔 웃었다.

3

총단으로 복귀한 마곡정은 곧바로 척마대 부대주로 복직했다. 그리고 복귀 후 첫 출근과 퇴근을 한 그날, 예은에게 정식으로 청혼했다.

제도에 머무르는 동안 준비한 청혼 선물을 받은 예은은 얼굴을 붉히며 그의 청혼을 받아들였다.

"지금까지 고마웠어."

형운이 예은에게 진심으로 감사 인사를 했다.

마곡정의 청혼을 받아들인 예은이 퇴직하는 날이었다. 그녀는 후임자가 들어오면 인수인계를 하고 나가겠다고 했지만, 형운은 이제부터 혼인 준비로 정신없이 바쁠 그녀를 붙잡아두고 싶지 않았다.

"감사했습니다."

예은이 고개를 숙였다.

그녀는 어린 시절 형운의 전속 시비가 되어 10년 넘게 근무해 왔다. 형운은 좋은 고용주였다. 그가 자신에게 많은 특혜를 주었고, 가족처럼 대해주었기에 지금까지 즐겁게 일할 수 있었고… 마곡정도 만날 수 있었다.

"혼인식에는 꼭 참석할게."

"정신없이 바쁘시잖아요. 축문만 보내주셔도 괜찮아요."

"괜찮긴. 무슨 일이 있어도 꼭 갈 거니까 그런 소리 하지 마."

둘도 없는 친구 마곡정과 어린 시절부터 가족처럼 여겼던 예은이 부부가 되는 순간이다. 특무대 일이 아무리 바쁘더라도 반드시, 권력자의 폭거로 모든 일을 아랫사람들에게 떠맡기고 도망치는 한이 있더라도 참석할 생각이었다.

자신에게 여동생이 있고, 그 여동생이 시집간다고 하면 이런 기분이지 않을까. 형운은 그런 감흥을 느끼며 말했다.

"혹시 곡정이가 못되게 굴면 언제라도 말해. 도망치고 싶으면 이쪽으로 오고. 언제든지 환영이니까."

"공자님도 참."

예은은 행복한 미소를 지으며 퇴직했다.

4

마곡정과 예은의 혼인식은 7월로 잡혔다.

딱히 길일을 따져서는 아니었고 그냥 현실적인 조건들을 다 따지다 보니 그렇게 되었다. 총단 사람들 말고 외부의 하객들을 초대하기 위해서 일정을 넉넉하게 잡은 것이다.

진해성은 기후가 서늘해서 7월이라고 해도 크게 덥지 않았고, 또 총단 내부의 기온은 외부의 계절감과는 독립된 상태를 유지하기에 별문제가 없었다.

마곡정이 이를 보고하자 백건익이 투덜거렸다.

"한참 놀다 복직하더니만 금방 다시 놀려고 하는군."

척마대는 형운이 척마대주일 때부터 혼인한 이들에게는 한 달간의 신혼 휴가를 주고 있었다. 덧붙여서 유급휴가에 장려금까지 나온다.

이 투덜거림에 마곡정은 씩 웃으며 말했다.

"아니꼬우면 대주님도 혼인하시죠?"

"그렇잖아도 그럴 위기에 처해 있는 상황이다."

"음? 상대가 있었습니까?"

의외의 대답에 마곡정이 놀라 물었다.

백건익이 사귀는 상대가 없는 것은 유명한 이야기였다. 여기저기서 혼담이 많이 들어오지만 한 번도 응한 적이 없었다.

백건익이 뻐딱한 표정으로 말했다.

"자네처럼 연애 혼인은 아니고, 백령회 쪽에서 들어온 혼담이 있다. 오래된 혼담이지."

"오래됐다는 건 거절하셨다는 거 아닙니까?"

"그랬지. 몇 번이고 거절했는데도 포기하지 않더군. 일단 곁에 둬보기라도 해달라면서 조만간 이쪽으로 보낸다고 하니……."

"와, 이쪽에서 뭐라고 하든 마구 밀어붙이는 게 완전 영수답네요."

"자네는 좀 이해하는군."

백건익이 한숨을 푹 쉬었다.

대주와 부대주 관계라고는 하나 정치적 파벌 관계에서는 서로 적대 관계인 마곡정에게 이런 이야기를 털어놓은 것은 다 이유가 있었다. 설산의 영수 일족 출신인 마곡정이라면 그의 고충을 이해해 주리라 여겼던 것이다.

"내가 처음 만났을 때는 여섯 살짜리 어린애였단 말이다. 그런데 10년이나 지났으니 괜찮지 않겠느냐고 마구 밀어붙여서……."

"잠깐."

마곡정이 흠칫하더니 물었다.

"그럼 설마 상대가 열여섯 살……?"

"그렇지."

"맙소사. 우리 대주님 완전 도둑놈이네요. 사람이 양심이 없네. 완전 딸이라고 해도 될 나이인데?"

"……."

벌레 씹은 표정을 짓는 백건익을 보며 마곡정이 한바탕 웃음을 터뜨렸다.

그리고 총단에는 백건익이 25살 연하의 소녀와 혼인할지도 모른다는 소문이 쫙 퍼졌다. 백건익은 한동안 다들 자신을 두고 천하의 도둑놈이라며 수군거리는 것을 참아 넘겨야 했다.

'마 부대주우우우우우!'

5

형운은 강연진과 어경혼, 오연서를 반갑게 맞이했다.

"사형 얼굴 보기 정말 힘드네요."

어경혼이 너스레를 떨었다.

하지만 이제야 만나게 된 것은 형운이 바빠서만은 아니었다. 이들 세 사람도 바빴기 때문이다.

셋 다 척마대 부대주로 일하느라 바깥으로 나가는 일이 잦았다.

그리고 강연진과 오연서는 천공지체 연구에도 협력하고 있었기에 더더욱 일정이 빡빡했다. 두 사람 다 1차 연구의 성공 사례로 졸업하기는 했지만 2차 연구에는 그들의 조력이 필수인 것이다.

형운이 피식 웃으며 축하의 말을 건넸다.

"신년 비무회 우승 축하한다. 천명단 먹었다며?"

"기왕이면 일월성단 받고 싶었는데, 요즘은 천명단으로 통일되어 가는 추세라서요."

진기의 질적 향상은 크게 기대할 수 없지만 일월성단보다 훨씬 안전하게 복용할 수 있다는 점이 크게 작용했다.

"원 장로님 쪽에서 조만간 운신단(雲身丹)을 내놓으면 두 개를 교차 복용 하게 될 거라고도 하더라구요."

이 장로가 천공단을 연구해서 천명단을 만들어낸 것처럼 백운지신 연구진도 백운단을 연구해서 운신단이라는 비약을 만들어내었다.

현재 구체화가 되었고 연구실에서는 1차 연단에 성공했기에 그 명칭과 특성을 발표한 상태다. 아마 천명단처럼 임상 실험을 거쳐서 양산 단계에 들어가기까지는 앞으로 몇 년 정도는 더 시간이 필요할 것이다.

하지만 백운지신 연구진 입장에서는 반드시 해내야만 하는 일이었다. 향후 백운지신을 보다 효율적으로 만들어내기 위해서도, 그리고 백운지신의 하위 호환에 해당하는 신체를 양산하기 위해서도.

이 점에서는 천공지체 연구가 백운지신 연구보다 확실히 앞서 있다. 원 장로는 이 격차를 줄이기 위해 최선을 다하고 있었고 운 장로도 지원을 아끼지 않았다.

"아무리 천명단이라도 같은 비약을 두 번 먹는 것은 효과가 크게 떨어지게 되니, 동급의 비약이 늘어난다는 것은 좋은 일이지."

현재로서는 일월성단급 비약은 천명단뿐이다. 그런 상황에서 운신단이 완성되면 별의 수호자의 무인들은 더욱 효율적으로 내공을 늘릴 수 있게 될 것이다.

사실 지금도 별의 수호자 무인들은 갖가지 비약으로 빠르게 내공을 늘리고 있으니 이쯤 되면 좀 무서워지기도 했다.

'내가 할 소리는 아니지만 말이지.'

정말로 형운이 할 소리는 아니었다.

그리고 내공이라는 것이 좋은 비약 먹는다고 무작정 늘어나는 것도 아니다. 별의 수호자 무인들은 내공에 대해서는 그 어느 조직보다도 축복받은 환경에 있었지만 그럼에도 노년이 되도록 6심의 벽을 돌파하지 못하는 이가 많았다.

이미 인체의 설계도를 다시 그려낼 준비가 된 자만이 그 벽을 넘을 수 있다. 그리고 준비가 된 자들에게는 더욱 좋은 상황이 열리는 것이다.

형운이 물었다.

"척마대 일은 좀 어때? 백 대주님이 안 구박하냐?"

"아우, 막 구박해요. 얼마나 시시콜콜 면박을 주시는데요!"

오연서가 투덜거리자 어경혼이 그녀에게 묘한 시선을 보냈다. 그러면서도 공감한다는 듯 고개를 끄덕인다.

"뭐, 대주님이 좀 깐깐하시긴 하죠. 임무 잘 수행해 놓고도 혼난 적이 한두 번이 아니라서……."

"……."

그러자 이번에는 강연진이 참 하고 싶은 말이 많다는 표정으로 두 사람을 바라보았다.

형운이 물었다.

"연진이는 표정이 왜 그래?"

"백건익 대주님은 합리적인 분입니다. 혼낼 만한 일이 아니면 혼내지 않으시죠."

"와, 저 비겁한 모범생 좀 보세요."

"자기는 안 혼난다 이거지?"

오연서가 어경혼이 투덜거리자 강연진이 뚱한 표정으로 받아쳤다.

"오연서 네가 그런 말할 자격이 있냐? 서류 업무는 만날 대원들에게 해달라고 떠넘기고, 보고하다가 욕 들을 것 같으면 보고도 안 하고 도망 다니는 주제에? 너 같은 애를 부대주로 관리해야 하는 대주님이 불쌍하다."

"……."

그 말에 형운이 오연서를 빤히 바라보았다. 오연서가 슬그머니 시선을 피했다.

"어경혼, 너는 공사 구분 좀 하시지. 업무 시간에 조희 만나서 땡땡이치지 말고!"

"나, 나는 할 일 다 해놓고 만나러 간다고!"

"그걸 변명이라고 하고 있냐? 애당초 조희가 내 밑으로 배속된 것도 네가 임무 수행 중에 애정 행각을 너무 열심히 하다 원성을 사서 그런 건데!"

"……."

그 말에 형운이 어경혼을 빤히 바라보았다. 어경혼이 움찔하더니 딴청을 피우기 시작했다.

'척마대주에서 잘린 게 다행이라는 생각이 드는 날이 올 줄이야…….'

갑자기 백건익이 측은하게 느껴졌다.

'뭐, 마흔한 살에 열여섯 살 소녀와 혼인할지도 모르는 도둑놈이긴 하시다만.'

이미 총단의 모든 사람이 백건익을 도둑놈이라고 부르고 있었다.

그들과 그동안 밀렸던 이야기를 나누던 형운은 한 가지 사실을 실감했다.

'천공지체는 확실히 대단하군.'

별의 수호자의 최고 지성인들이 모여서 전통적인 방식대

로라면 수천 명의 무인을 육성할 수 있는 인적, 물적 자원을 투자한 끝에 완성된 특별한 존재들.

두 사람의 내공은 아직 6심에 머물러 있다. 하지만 형운은 그들이 일곱 번째 기심을 형성할 준비에 들어가 있음을 알아보았다.

'천공지체의 설계도를 그리는 것은 연구자들이다. 그리고 그 설계를 현실화하는 천공지체 또한 혼자가 아니지.'

강연진과 오연서의 무공은 혼자 이룬 것이 아니다.

전통적인 방식을 초월하여 수많은 이가 그들을 든든하게 받쳐주었다. 그리고 그들의 설계를 현실화하는 천공지체 역시 혼자 힘으로 구현에 도전하지 않았다.

처음부터 한 쌍을 이루었기에 그들은 목표점에 도달할 수 있었다. 천공지체의 정혼기심은 합동심법을 통해서만 형성할 수 있었으니까.

그렇기에 그들은 7심의 경지 또한 둘이서 힘을 합쳐서 넘고자 하고 있었다.

일월성신의 눈으로 보면 그 사실이 적나라하게 보였다. 두 사람의 기맥과 기심 상태는 소름 끼칠 정도로 비슷한 조건으로 맞춰져 있다.

이것은 개인의 힘만으로는 절대 할 수 없는 일이다. 최고 수준의 연구진이 매일같이 그들의 신체 상태를 갖가지 방식으로 측정하고 수면 시간과 환경, 섭취하는 음식의 종류와 양까지 정밀하게 조정하고 있기에 가능한 것이다.

'우전이 녀석은 얼마나 성장했는지 모르겠군.'

양우전의 소식은 이미 들었다. 척마대 운벽성 지부장으로 취임한 뒤, 그쪽으로 인사이동된 호용아 부대주와 손발을 맞춰가면서 안정적인 성과를 거두고 있다고 한다.

운벽성에서 흉명을 떨치던 마인들을 때려잡으면서 명성이 퍼져 나가기 시작해서 백운권(白雲拳)이라는 별호까지 얻은 상황이다.

형운은 과연 지금의 그가 얼마나 발전했을지, 천공지체인 강연진과 오연서와 비교하면 어떨지 궁금했지만 지금으로서는 답을 알 기회가 없었다.

6

유능한 인재들을 잔뜩 모아놨기에 특무대 업무는 착착 굴러갔다.

형운을 정치적으로 견제하고자 장난을 치는 놈들이 있을 법도 했지만, 이번에 한해서는 그런 일이 없었다. 지금의 형운이 쥐고 있는 패가 너무 많아서 섣불리 수작을 부렸다가는 경력이 끝장날 수도 있는 상황이었기 때문이다.

그래도 형운은 방심하지 않았다. 특무대 안에서 자신을 향하는 시선에 행여나 불온한 감정이 없나 주의를 기울이는 한편, 수상하다고 생각하면 가려를 통해서 염탐해 보기도 했다.

그 결과 몇 가지 수작질을 발견하기는 했다.

그런데 이 수작질은 형운을 향한 것이 아니었다.

'충성 경쟁이구만. 아니, 대리전쟁이라고 해야 할까?'

야만의 땅에 파견되는 연구단 문제를 두고 네 명의 장로가 첨예하게 대립하고 있었다.

그리고 그들을 배경에 둔 이들이 어떻게든 자기가 모시는 장로를 유리하게 하기 위해서 애쓰고 있었는데…….

'일 열심히 하는 걸로 하면 좋은데 상대 발을 걸어 넘어뜨리려는 방식이면 좀 문제가 있지?'

이런 수면 밑의 싸움을 방관하면 업무 진행력이 마모된다. 한정된 기간 동안 막대한 업무를 처리해야 하는 특무대 입장상 그냥 두고 볼 수 없었다.

그래서 형운은 수작질이 발견된 자들을 은밀히 불러서 경고를 주었다.

그런 한편 장로들을 만나서 타협점을 찾기 시작했다.

장로들의 입장을 요약하면 이렇다.

'아, 몰라! 날 보내줘! 자네가 해달라는 건 다 해줄 테니까

날 보내달라고!'

떼쓰는 어린애가 따로 없다!

각자 태도만 다르다 뿐이지 본질은 다 똑같았다. 남에게 양보한다는 선택지는 아예 고려의 대상이 아니었다.

"아, 내가 이래서 정치가 싫어……."

특무대의 격무보다도 장로들을 상대하면서 합의점을 도출해 내는 과정이 수십 배는 더 피곤했다.

솔직한 심정으로는 차라리 주사위를 굴려서 하늘에 맡기라고 해버리고 싶을 정도다.

'진짜 그래버려?'

형운은 장로들이 서로에게 이번 기회를 양보해 주면 제시할 수 있는 것을 끌어내고, 그것을 다른 장로에게 전하는 방식으로 일을 진행하고 있었다. 하지만 네 명의 장로가 다 상대에게 뭘 줘서 양보하게 만들까만 생각하지 자기가 양보할 경우는 아예 생각도 하지 않는다.

그렇게 골치 아픈 시간을 보내던 중, 형운은 한 사람을 만났다.

"고생이 많군. 장로님들이 아주 애가 타서 자네에게 달라붙는다면서?"

외검대주 오량이었다.

하운국 서부의 별의 수호자 외부 조직이 무력을 필요로 할 때 지원하는 것과 그들을 감찰하는 조직 특성상 그는 총단 밖으로 돌아다니는 일이 많았다.

그가 이번에 총단으로 복귀한 것은 사제인 마곡정이 혼인한다는 소식을 들었기 때문이었다.

시기도 벌써 4월 중순을 넘어서 말이 가까워지고 있다. 마곡정과 예은은 한참 혼인식 준비로 정신이 없었다.

"그놈이 벌써 혼인을 하다니, 세월의 흐름을 느끼게 되는군."

소식을 듣고는 깜짝 놀랐다. 연애 시작한 지도 꽤 됐고 두 사람 사이도 좋으니 혼인을 하리라고는 생각했지만 정작 현실로 닥쳐오니 놀라게 되었던 것이다.

"오 대주님은 혼인 안 하십니까?"

"주변에서는 슬슬 적당한 시기니 하라고 노래를 부르기는 하는데, 딱히 생각 없네. 사부님도 별말씀 없으시고."

"의외네요."

"내가 혼인에 뜻이 있는 사람으로 보였나?"

"예."

"하하하. 자네가 날 그렇게 보고 있는 줄은 몰랐군. 사실 난 집안 분위기가 별로 좋지 않아서 그런가, 예전부터 혼인해서 가정을 이루는 것을 동경해 본 적이 없다네."

"그랬습니까?"

"우리 아버지는 어머니와 별로 사이가 좋지 않으셨지. 지금도 별로 좋지 않으시고. 같은 집에 살아도 얼굴 마주치는 것도 껄끄러워하는 두 분을 보고 있노라면 도저히 혼인해야 겠다는 마음이 들지 않더군."

오량이 쓴웃음을 지었다.

그의 부친은 한때 별의 수호자 내에서 제법 높은 평가를 받던 무인이었다. 부상으로 인해서 은퇴한 그는 어려서부터 오량에게 혹독한 영재교육을 시켰고, 그 덕분에 오량은 인재 육성 계획에서 풍성 초후적의 눈에 들어서 제자가 될 수 있었다.

어린 시절이 참 힘들었지만 그래도 오량은 아버지를 싫어하지는 않았다. 하지만 좋아할 수도 없었다. 부모 사이의 냉랭함 때문이었다. 당시부터 집안 분위기는 엉망이었고, 지금 와서 가끔 방문해 봐도 여전히 엉망이었다.

그래서 오량은 부친보다는 차라리 스승인 초후적이 더 아버지 같다고 느낄 때가 있었다.

초후적은 엄격하지만 합리적이었고, 무뚝뚝해 보이지만 제자에게는 깊은 정을 주는 사람이었다. 부친과는 아무것도 공유하지 못했지만 초후적과는 많은 것을 공유했다. 오량의 취미는 승마였는데 그 또한 초후적에게 물려받은 것이나 다름없었다.

"딱히 혼인을 안 해도 사는 데 불편함이 없다 보니 더 그런 것 같기도 하네. 아마 앞으로도 그렇겠지."

오량은 풍성의 제자였고, 이제는 별의 수호자의 고위직이다. 그가 생활하는 데 있어서 필요한 것은 다 봉급 주고 고용하는 사람들이 처리해 주니 부족함을 느낄 일이 있겠는가?

"자네도 가 무사와 서로 마음을 나눈 사이가 되었다고 들었는데, 언제쯤 혼인할 생각인가?"

"…곡정이가 말했습니까?"

"내가 총단 오자마자 찾아와서 자기 혼인식을 보고하더니만 덧붙이듯이 조잘거리더군."

"하여튼 입 싼 녀석 같으니……."

"백 대주 이야기도 그 녀석이 퍼뜨리고 다녔다면서? 돌아왔더니 사람들이 다들 백 대주를 갖고 수군거리길래 무슨 일이냐고 물어봤다가 아주 그냥 배를 잡고 웃었다네."

오량이 큭큭거리며 웃었다. 그는 백건익과 척마대주 자리를 두고 다투다가 탈락해서 외검대주가 된 입장이다. 백건익이 도둑놈 소리를 듣는 것이 너무나 고소했다.

"내가 밖에 나가 있느라 특무대에 한몫 끼지 못한 것은 좀 아쉽게 되었군. 혹시 협력할 일이 있으면 언제든지 말하게."

"잊고 계시는 거 같은데, 우리 일단 정적(政敵)입니다만?"

"어허, 그건 그거고 이건 이거지. 우리는 함께 사선을 넘어

온 전우 아닌가?"

뻔뻔하게 웃는 오량을 보며 형운은 생각했다. 이 사람도 참
많이 성장했다고.

제185장

정상이라고 불렸던 곳

성운을 먹는자

1

흑영신교주가 성지를 벗어나는 일은 극히 드물었다.

그는 교주로서 처리해야 하는 업무를 볼 때를 제외하면 거의 대부분을 명상으로 보냈다. 범람하는 혼돈 속에서 자신을 지키기 위해서였다.

그런 그가 성지 밖으로 나온 것은 그만큼 중요한 일이 있기 때문이었다.

천두산 사태가 있은 지 얼마 지나지 않아 신녀가 교주에게 새로운 예지를 고했다.

'위진국에서 기연을 만나게 될 것입니다.'

지금까지 없던 예지였던지라 교주는 흥미가 동했다. 위진국에서 일어나는 일을 빠짐없이 보고하라고 지시해 두고 기다리다 보니 4월에 이르러 한 가지 신경 쓰이는 일이 보고되었다. 그래서 산책이라도 나오는 기분으로 직접 나온 것이다.

"가끔은 그 돌팔이의 점도 맞는군. 그게 하필이면 오늘이라니."

낭패한 기색으로 쉿쉿거리는 소리를 내고 있는 것은 뱀의 머리와 인간의 몸을 지닌, 새하얀 뱀 머리 요괴였다.

삿갓을 쓰고 녹색의 화려한 장포를 걸친 뱀 머리 요괴는 보통 요괴가 아니었다. 분명 대요괴라 불릴 만한 영격의 소유자였다.

그럼에도 이 자리는 흑영신교주에게 제압되었다. 뱀 머리 요괴가 이끌고 있던 부하들은 모조리 몰살당한 후였다.

산책하는 기분으로 나왔다고는 하지만 흑영신교주가 홀몸으로 다닐 리 없다. 그의 곁에는 팔대호법 암천령, 그리고 천두산 사태로 완전히 현계에 현현하는 데 성공한 대마수 심안호창이 있었다.

'하지만 그 혼자였다고 하더라도 싸우는 것은 어리석은 선택이었을 것이다.'

하얀 뱀 머리 요괴, 백사왕(白蛇王)은 교주를 보며 섬뜩함을 느꼈다. 대요괴인 그는 오감으로 교주의 힘을 느끼고 있었다. 저것은 인간의 거죽을 뒤집어쓰고 있을 뿐, 이미 인간을 초월한 괴물이다.

교주가 흥미를 드러내며 물었다.

"돌팔이라. 흑요상단(黑妖商團)의 백사왕, 그대들의 예지자는 별로 그대를 아끼지 않는 모양이구나."

"애정의 문제가 아니다. 그냥 무능한 거지."

"그런가."

교주가 빙긋 웃었다.

흑요상단.

위진국 오흉마는 이제는 삼흉마로 불리고 있다. 형운과 홍자겸에 의해 살무귀가 죽고, 위진국 본단의 척마대주 아윤에 의해 또 하나가 죽었기 때문이다.

위진국 본단의 척마대 활동 범위가 확대되고, 구심점을 잃고 흔들리는 백리세가에서 질 수 없다는 듯 척마 활동을 시작하면서 다시금 오흉마의 빈자리를 채울 만큼 흉명을 떨치는 마인이 나오지 못했다.

하지만 나머지 셋은 여전히 꼬리를 잡히지 않았고, 흑요상단은 그중 하나였다.

활동을 시작한 지 200년도 넘었다고 하는 그들은 마인과

요괴로 이루어진 낭인 집단이었다. 자신들의 무력과 능력을 팔며 상단이라 칭하는데, 구성원 요괴들 중에는 별 희귀한 능력을 가진 자가 많다고 한다.

흑요상단의 간부 중에는 예지능력을 지닌 존재가 있었다. 하지만 그 능력은 흑영신교의 신녀의 그것에 비할 바는 못 되는지라 예지하는 빈도도 낮고, 길흉화복에 대해서 두루뭉술하게 말할 뿐이었다.

백사왕이 말했다.

"거래를 하지 않겠나, 흑영신교주."

"글쎄. 과연 소중한 우리 교도들을 죽인 그대의 목숨을 살릴 정도의 대가를 제시할 수 있겠는가? 그대를 찢어 죽이고 그 영육을 우리 교를 위해 쓰는 것이 훨씬 바람직할 것 같은데……."

교주의 얼굴에서 미소가 사라지면서 싸늘한 살기가 백사왕을 겨누었다.

교주가 백사왕을 공격한 이유는 간단했다.

그가 이끄는 흑요상단원들이 일반 사회에서 일반인으로 위장한 채로 살아가고 있는 흑영신교도들의 가문을 몰살시켰다.

배후가 흑영신교임을 알고 한 짓은 아니었다. 신비 집단으로 불리는 그들은 자신들만의 원칙으로 '고객'을 선정하고 움직인다. 이번에는 그들의 고객이 그 가문에 대해서 씻을 수 없는 원한을 품었을 뿐이다.

본래대로라면 흑영신교는 움직이지 않았을 것이다. 일반인으로 위장한 자들의 정체는 죽음 이후에도 드러나서는 안 되는 법. 그렇게 죽는 것마저도 그들의 임무였으며 또한 흑영신교도로서의 공덕이었다.

하지만 계속해서 신에 가까워지고 있는 교주는 이 일이 신녀의 예지와 맞닿아 있음을 직감했다. 그래서 원흉인 백사왕과 그 일당을 찾아내었고, 보는 시선이 없는 곳에서 그들을 공격한 것이다.

백사왕이 말했다.

"필시 마음에 들 것이다. 마음에 들지 않는다면 나를 죽이면 그만 아닌가? 거래를 받아들일 마음이 있다면 그대들의 신에게 맹세해 다오."

"건방진……."

암천령이 흉흉한 살기를 내비쳤다. 심안호창도 자연스럽게 그와 함께 앞으로 나섰다.

"그만."

하지만 교주가 그들을 제지했다.

"목을 자르는 것이야 언제든지 할 수 있지. 어디 한번 네놈이 가진 상품 보따리를 풀어보거라. 정녕 내 마음이 움직일 정도의 상품이라면 너를 살려서 보내주마. 위대한 흑영신의 이름으로 맹세하지."

"알겠다."

백사왕은 안도의 한숨을 내쉬며 대가를 제시했다.

그리고…….

"약속대로 이 자리에서는 너를 살려 보내주지. 하지만 다시 내 눈에 띄지 않는 편이 좋을 것이다."

"명심하지."

백사왕은 살아서 그 자리를 빠져나갔다.

2

4월 말, 특무대는 황실에 1차적으로 납품할 비약을 출발시켰다. 운송 책임자는 수성 이선광이었다.

황실이 의뢰한 물량의 3분의 1에 해당하는 어마어마한 양이었다. 물량을 맞추기 위해 재고를 턴 것은 물론이고 총단의 연단술사들이 밤낮 없이 일해야 했다.

또한 여기에는 1차적인 파견 인원도 함께하고 있어서 20명의 연단술사와 30명의 기공사가 함께 출발했다.

그리고 황실에서는 이보다 보름 앞서서 행동에 나섰다.

일월성단급 비약 30개를 복용할 30명의 무인을 별의 수호자 총단으로 보냈던 것이다.

황실 오대고수 중 하나로 불리는 황실 위사부장 사군후가 이들의 인솔 책임자로 나섰다. 제도부터 별의 수호자 총단으로 향하는 이 여정에는 500명의 병사가 함께했는데, 그것은 단지 이들 30명이 고르고 고른 귀한 인재이기 때문만은 아니었다.

가연국의 대사 루안과 그 일행도 함께하고 있기 때문이었다.

가려가 말했다.

"다들 들뜬 분위기입니다."

"황실에서 이렇게 대대적으로 인원이 오는 것은 진야 사건 이후로 처음이라고 하니까요."

자그마치 24년 만의 일이니 화제가 될 만도 했다.

특무대에서는 행여라도 그들이 머무는 동안 문제가 일어나지 않도록 신경 쓰고 있었다. 숙소부터 시작해서 시중들 인원과 식사에 이르기까지 모든 것이 완벽하게 준비되는 중이다.

특무대가 정신없이 격무를 처리하는 동안, 형운은 잠시 개인적인 일을 처리했다.

바로 호위무사들을 충원하는 일이었다.

지금까지 가려는 형운의 호위 책임자인 동시에 유일한 호위무사였다. 특무대의 권한이 막중한데 특무대주인 형운을 호위하는 인물이 혼자뿐이라는 것을 어떻게 좀 해보라는 말들이 많이 날아왔다.

원래는 왕일과 호위무사들을 데려올까도 생각했지만, 특무대가 길어봐야 1년 정도만 유지될 조직임을 생각하면 괜히 그들의 경력만 혼란스럽게 할 수 있다고 여겨서 척마대주 호위단으로 만들어주고 다른 방안을 추진했다.

그것은 바로…….

"실력은 어떤가요?"

무일의 스승, 강주성 지부의 호위무사장에게 연락해서 혹시 총단에서 일하고 싶어 하는 호위무사 인력이 있으면 파견해 달라고 부탁한 것이다.

물론 '당장 충분히 쓸 만한' 인력이라는 조건을 붙였다.

특무대주 호위단은 총단에서 일하는 호위무사들에게는 미묘한 기회다. 하지만 지부에서 일하는 이들에게는 그렇지가 않았다. 1년 동안이라도 총단에서 일할 수 있다는 것, 그것도 형운 정도의 고위직을 수행한다는 것은 그들에게 큰 경력이 된다.

"열 명 모두 합격점을 줄 만합니다. 잘 교육시켰더군요."

"누나가 그렇게 말할 정도면 확실히 쓸 만하다는 거군요."

가려는 호위무사를 평가하는 데 있어서는 굉장히 깐깐하다. 형운의 호위단이 백건익에게 좋은 평가를 받은 것도 가려에게 담금질받은 인원들이기 때문이지 않던가.

그런 그녀가 당장 써먹을 만하다고 하니 형운 입장에서는 의심의 여지가 없다.

형운이 말했다.

"그분, 역시 은퇴 후에 불러오고 싶군요."

"무룡원 교관으로 말씀입니까?"

"가르칠 줄 아는 사람인 것 같아서요. 아니면 척마대 교관으로 천거해도 나쁘지 않겠죠."

"괜찮다고 봅니다."

가려도 형운의 평가에 동의했다.

무일의 경우는 본인의 재능이 워낙 뛰어난 인물이었다. 훨씬 열악한 환경에 있으면서도 신년 비무회에서 양우전을 쓰러뜨린 전적도 있는 그를 기준으로 스승의 제자 육성 능력을 평가하기는 애매하다.

하지만 이번에 보낸 열 명의 호위무사가 모두 가려에게 합격점을 받았다는 것은 평가 근거가 되기에 충분했다.

"아, 누나."

호위무사들의 신변 정보가 담긴 서류를 보던 형운이 문득 생각났다는 듯 말했다.

"예."

"나흘 후에 시간 비운다고 했었잖아요?"

"그랬지요. 이제 이유를 말씀해 주실 마음이 들었습니까?"

형운은 나흘 후에 하루를 통째로 비우기 위해서 상당량의 업무를 당겨서 처리했다. 하지만 그 이유는 가려에게 가르쳐

주지 않았다.

"누나."

"예."

"일월성단 먹으러 가죠. 사전에 복용할 약들은 준비해 놨으니까 오늘부터 몸 관리 시작하세요."

그 말에 가려가 퍽 재미없는 농담을 들었다는 표정을 지었다.

하지만 그녀를 향한 형운의 미소가 변하지 않자 설마 하며 물었다.

"…진심으로 말씀하신 겁니까?"

"네, 호위단도 구성했으니 누나가 한동안 내공을 다스리고 있어도 괜찮잖아요? 지금의 누나라면 일월성단을 복용하고 8심 내공을 이룰 수 있어요."

가려의 현재 내공은 7심이다. 천명단 피험자가 되어서 6심 내공을 완성했고, 그 후 형운이 청해군도에서 받아 온 해룡단을 복용하여 7심 내공을 이뤘다.

이것만 해도 파격적인 성취였다. 하지만 그녀가 심상경의 고수임을 감안하면 일월성단을 복용할 시 충분히 8심 내공을 이룰 수 있었다.

"일월성단이라니, 대체 어디서 받아내신 겁니까?"

"장로님들한테요. 이번에 받아낸 게 네 개인데 남은 세 개는 나중에 쓸 만한 사람 보이면 줘야죠. 연진이는 천공지체라 안 되니까 경혼이한테 하나 줄까? 하지만 그놈이 조희랑 노닥거리느라 업무 평가가 나쁘다는 소리를 들으니 이거 좀…….”

“…….”

형운은 야만의 땅을 노리는 네 명의 장로에게서 합의안을 도출해 내는 데 성공했다.

넷은 야만의 땅에 대한 연구를 공동으로 진행한다.

당장 총단에서 급한 일을 맡고 있지 않은 두 명의 장로가 먼저 파견된다. 함께 파견되는 인력의 7할은 두 장로가, 3할은 형운이 선택하는 것으로 결정했다.

그리고 이들이 반년간 연구 활동을 한 뒤 다른 두 장로와 교체하며, 채집한 표본을 포함한 모든 연구 결과는 공유하는 것으로 협의를 마쳤다.

정리해 놓으면 간단하지만 이런 결과를 내기까지 형운은 정말 엄청나게 고생했다. 그 고생의 대가로 장로 한 명당 일월성단 하나씩을 받아낸 것도 별로 이득이라는 느낌이 안 들 정도로.

“그렇다고 진짜로 손해 본 건 아니지만요.”

일월성단 말고도 많은 것을 받아냈으니까.

그리고 무엇보다 네 명의 장로와 긴밀한 인맥을 쌓았다는 점이 중요했다.

가려가 잠시 멍청하니 형운을 바라보다가 말했다.

"공자님은 참……."

"왜요? 능력 있는 모습에 새삼 반했어요? 막 안아주고 싶고 그래요?"

형운이 능글맞게 묻자 가려가 표정을 찌푸리며 말했다.

"징그러워지셨군요."

"엥?"

"옛날에는 정감 있고 올곧은 사람이었는데 어쩌다가 이런 능구렁이가 되셨는지 모르겠습니다. 징그럽습니다."

"……."

형운은 토라져서 입을 다물었다.

3

장로들로부터 일월성단을 받아냈다는 것은, 일월성단 그 자체만을 받아냈다는 뜻이 아니다.

일월성단의 복용을 위해 성도의 탑의 시설을 이용할 권한도 받아냈다는 소리다.

하지만 형운과 함께 그 시설에 들어선 가려는 그곳에서 기다리고 있던 사람들 때문에 의아해하는 표정을 지어야 했다.

20명의 기공사들 말고도 귀혁과 서하령이 있었던 것이다.

게다가 귀혁이 형운에게 묻는 말은 더더욱 의아함을 증폭시켰다.

"누구부터 하는 게 좋다고 생각하느냐?"

"누나부터 하지요. 사부님이 좀 더 오래 걸리실 것 같으니까요."

"괜찮겠느냐?"

"혹시 저한테 물으시는 거예요?"

형운이 건방을 떨자 귀혁이 머리를 한 대 쥐어박았다.

그제야 형운이 가려에게 설명했다.

"다들 일정 맞추기도 힘들어서 오늘 사부님과 누나 일을 한 번에 처리하기로 했어요. 누나는 일월성단―별, 사부님은 천명단."

"……."

가려는 얼빠진 표정을 지었다.

어처구니없었지만 형운이라면 충분히 할 수 있다는 것을 안다. 기공사 백 명보다 형운 한 명이 더 뛰어날 정도였으니까.

하지만 이미 9심 내공을 이룬 귀혁이 왜 천명단을 복용하는지는 의아했다.

물론 귀혁이 비약을 복용하는 의미가 없는 것은 아니다. 귀혁의 나이는 이미 노령이니 언제 노쇠가 시작되어도 이상하지 않고 지속적인 비약 복용은 이것을 방지하는 효과가 있으니까.

'하지만 천명단이라면 오히려 부담이 될 수도 있을 텐데……'

일월성단급 비약은 제대로 된 복용을 위해 이런 거창한 시설, 많은 기공사 도우미 등을 필요로 할 정도로 부담이 큰 일이다. 귀혁 입장에서는 득보다 실이 많을 수도 있는 것이다.

하지만 귀혁은 이유 없이 그런 일을 할 사람이 아니다. 분명히 그래야만 하는 이유가 있을 것이다.

"그럼 시작해 볼까요?"

형운은 거기에 대해서는 설명해 주지 않고 일을 시작했다.

가려가 시설의 중심부에 앉자 형운과 서하령이 그녀를 붙잡고 섰다.

직접 가려의 진기 운용을 돕는 것은 두 사람만으로 충분했다. 20명의 기공사 중에서 10명만이 바닥에 그려진 기환진의 정해진 위치에 앉아서 힘의 순환을 돕고 필요할 때 진기를 보낼 준비를 갖췄다.

우우우우우우!

곧 가려가 일월성단—별을 복용하자 맹렬한 반응이 일어나기 시작했다.

4

"생각보다 일찍 끝났구나. 훌륭하군."

귀혁이 감탄했다.

가려의 일월성단—별 복용이 끝나기까지는 채 세 시진(6시간)이 안 걸렸다.

서하령이 천명단을 처음 복용했을 때보다는 오래 걸렸지만 일월성단이 천명단보다 복용 시의 반응이 훨씬 강렬하다는 점을 감안해 줘야 할 것이다.

형운을 포함한 도우미들이 워낙 뛰어났던 덕분도 있지만 가려 본인의 기량이 뛰어났기에 가능한 결과였다.

아직 앉은 채로 내면의 상태를 관조하고 있는 가려를 보던 귀혁이 형운에게 물었다.

"네가 보기에는 어떤 것 같으냐?"

"참 힘들어요."

"음?"

"누나한테 최소 보름간은 휴가를 줘야 한다는 게. 일도 힘들어죽겠는데 누나마저 옆에 없으면 무슨 낙으로 일해야 하나."

"……"

귀혁의 표정이 못 들을 소리를 들었다는 듯 찌푸려졌다.

형운이 씩 웃으며 말을 이었다.

"한동안 이런저런 비약 좀 착실히 먹으면서 내공 수련에 전념하면 충분히 8심을 이룰 수 있을 거예요. 시간문제일 뿐이죠."

"나와 같은 의견이구나."

내공의 경지는 기심이 하나 늘어날 때마다 그 난도가 기하급수적으로 증가한다.

강호의 무인들은 1차적으로 4심을 크나큰 벽으로 만나게 되고, 2차적으로 6심을 더욱 커다란 벽으로 만나게 된다. 그리고 그 후로는 기심 하나가 늘어날 때마다 두 개의 장벽 이상으로 험난한 여정이 기다리고 있다. 그 벽을 넘기 위한 비약을 수급해야 한다는 문제와 무공 경지를 그만큼 높여야 한다는 문제, 두 가지 다 보통 난제가 아니기 때문이다.

별의 수호자의 무인들은 두 가지 면에서 다른 무인들보다 압도적으로 유리한 조건을 갖추고 있다.

하나는 당연히 비약이다.

워낙 비약의 공급량이 풍부하기에 그들은 자신의 무공 수준에 맞는 내공을 갖추는 일을 어렵게 느끼지 않는다. 하지만 이것만으로도 별의 수호자 바깥의 무인들이 보기에는 말도 안 될 정도로 사치스러운 환경인 것이다.

둘은 체계적으로 정리된 무학이다.

별의 수호자의 무학원은 이미 8심까지의 과정을 체계화해 두었다. 준비가 된 자들에게 있어서 그들이 제공하는 자료는 벽을 넘는 일을 훨씬 쉽게 만들어주는 참고서가 되어주는 것이다.

이런 자료를 체계화하는 것은 별의 수호자가 거대하고, 비약 공급량이 풍부하기에 가능한 일이다. 높은 내공을 이룬 자가 많기에 그들의 사례를 모으는 것만으로도 연구하기 충분하고도 넘치는 자료가 되는 것이다.

강호의 다른 조직들도 이런 연구를 하고 있겠지만 인체와 내공에 대한 연구는 도저히 별의 수호자를 따라올 수 없다.

심상경의 고수인 가려는 비약 공급만 이루어지면 충분히 8심 내공을 이룰 준비가 되어 있었다. 하지만 무학원의 자료가 그 작업을 훨씬 쉽게 만들어준 것도 사실이었다.

귀혁이 서하령에게 물었다.

"하령아, 휴식 시간은 얼마나 필요하겠느냐?"

"넉넉잡고 한 시진(2시간) 정도면 될 것 같아요."

"그럼 그렇게 하자꾸나."

형운은 가려의 일월성단 복용을 돕고 나서도 쌩쌩한 상태였지만 서하령은 그렇지 않았다. 그녀는 진기 회복제와 비약을 먹고 운기조식을 하면서 몸 상태를 끌어 올렸다.

명상을 마친 가려가 말했다.

"저도 돕겠습니다."

"아뇨, 누나는 빠지세요."

"하지만……."

"당분간은 내공 쓸 생각 하지 말고 빨리 8심 이룰 생각이나 해요. 그게 저 도와주는 거니까. 보름간은 휴가예요. 사부님 한테 지하 연무장 쓰는 거 허락받고 필요한 물품 다 갖춰졌으 니까 마음대로 쓰세요."

"……."

"그런 표정 지어도 안 되는 건 안 돼요. 누나도 지금이 얼 마나 중요한지 알면서 왜 그래요?"

"제가 쉬면 일정은 다 기억하시겠습니까?"

"제가 이래 봬도 기억력만은 좋거든요?"

"기억력 '만' 좋으시지 않습니까."

일월성신을 이룬 후로 기억력 하나만은 좋은 형운이었다. 하지만 보고 들은 모든 것을 기억하는 것과 필요한 기억을 딱 딱 끄집어내서 일정을 관리하는 것은 또 다른 문제다.

"괜찮아요. 새 호위단도 있잖아요. 누나가 이럴 것 같아서 제가 일부러 호위단 들이고 나서 진행한 거라고요."

열심히 설득하던 형운이 갑자기 짓궂게 웃으며 말했다.

"아, 물론 한시라도 저와 떨어지고 싶지 않은 누나 마음은 이해해요. 하루만 저를 안 봐도 몸살이 날 지경일 텐데 보름 이상 못 볼지도 모른다고 생각하면 두렵고 겁이 나겠……."

"휴가 감사히 받겠습니다."

순간 가려가 태도를 싹 바꿔서 대답했다.

형운은 재미없다는 듯 구시렁거렸지만 가려는 안 들린다는 듯 양손으로 귀를 막고 몸을 돌렸다.

'아우, 귀여워.'

순간 그녀를 안아버리고 싶은 충동이 일어났지만…….

'참자. 참아야 하느니라. 여기서 그랬다간 경혼이 같은 놈이라는 소리 듣는다!'

귀에 못이 박히도록 들은 어경혼의 평판이 제동을 걸었다.

가려가 물러나자 형운이 귀혁에게 다가갔다.

"어떠세요?"

"긴장되는구나."

"사부님도 긴장이라는 걸 하시는군요."

"지금도 자주 한단다. 티를 안 내는 법을 배웠을 뿐이지."

빙긋 웃은 귀혁이 말했다.

"오랫동안 이 벽 앞에서 정체되어 있었단다."

"사람들이 가장 높은 산이라고 여겼던 곳이잖아요."

두 사람은 9심 내공에 대해서 이야기하고 있었다.

"그랬지. 하지만 난 그렇게 여기지 않았다. 하다못해 내가 최초라면 모를까, 나보다 먼저 오른 이들이 한둘이 아니었던 고지이지 않았더냐?"

"……"

"왜 그러느냐?"

"아니, 참 사부님다우시다는 생각이 들어서요. 그렇게 생각하시고 계셨군요."

"무인의 내공 경지를 이야기함에 있어 9심이 가장 높은 고지가 된 지도 200년이나 되었지. 강호에 무인은 모래알처럼 많고, 한 시대에 그 고지에 오른 자는 손에 꼽을 정도로 적었다. 하지만 그럼에도 이미 많은 이가 오른 고지는, 뒤쫓아 온 자들에게는 거쳐 가는 곳이 되어야 하는 것이다."

귀혁은 젊은 시절부터 지금까지 끝없는 진보의 의지를 불태우고 있었다.

그만이 아니라 성운을 먹는 자 일맥은 모두 그랬다.

더 나아질 수 있다. 더 높은 곳으로 갈 수 있다. 그럼으로써 성존이 인류에게 낸 오래된 숙제를 해결하고 이 세계를 다음 단계로 움직일 것이다.

"하물며 이제는 못된 놈들에게도 따라잡히는 수준이 아니더냐? 반칙이라고는 하지만 사특한 수작으로도 올라올 수 있는 경지라면 더 이상 절대적이라고 할 수 없지."

죽은 광세천교주는 9심 내공의 소유자였다.

그리고 이제는 흑영신교에서 사악한 비술을 이용해서 그 경지를 넘보기에 이르렀다.

이미 그들은 운강 유역에서 선검 기영준에게 죽은 흑서령

때 9심 내공을 구현하는 데 성공했다.

그리고 천두산에서 형운에게 쓰러진 암월령 역시 그 경지에 이르러 있었다. 스스로의 목숨까지 단 한 번의 전투를 위한 소모품으로 써야 한다는 조건이 붙지만, 그럼에도 그런 일이 가능하다는 것 자체가 두려운 일이다.

"검존도 이미 이루었지. 그리고 아마 풍성도 곧 이룰 것이다."

"음? 풍성께서요?"

"단서를 잡은 것 같더구나."

귀혁은 초후적이 활동을 줄이고 대량의 비약을 준비하고 있는 정황을 포착했다. 분명 9심 내공을 이룰 단서를 얻은 것이리라.

"그러니 나도 가만있을 수 없지 않겠느냐? 마침 나는 이다음 단계조차 훌쩍 뛰어넘은 데다 기공사들조차 한 수 접어주는 명품 도우미를 제자로 두고 있고, 제자 덕분에 확신도 얻었으니."

귀혁은 오랫동안 가설로만 여겼던 10심의 경지를 이야기하고 있었다.

성운을 먹는 자 일맥이 5대에 걸쳐서 축적한 연구 성과는 귀혁의 대에서 9심 내공을 현실화하는 데 성공했다.

하지만 귀혁은 거기에서 만족하지 않았다. 제자인 형운을 그 이상의 작품으로 만들어내는 한편, 형운을 통해 얻은 자료를 토대로 한계를 돌파할 방도를 궁리했다.

귀혁은 누구보다도 일월성신에 대해 많은 것을 알고 있으며, 가장 가까운 곳에서 심도 깊은 연구를 해온 인물이다. 형운은 그에게만은 아무것도 숨기지 않고 자신의 모든 것을 보여주었다.

그랬기에 귀혁이 형운을 통해 얻은 성과는 무궁무진했다.

"내가 성공한다면, 너 역시 할 수 있을 것이다."

"여기서 더 말인가요?"

확신에 찬 귀혁의 말에 형운이 의아해했다.

이미 그는 인간의 한계를 초월했다.

그의 몸에는 일월성신의 진기로 이루어진 8개의 기심이 있다. 또한 다른 기심의 두 배 가까운 힘을 내는 데다 빙백무극지경의 권능까지 깃든 빙백기심이 있으며, 심상계를 통해 무한의 힘을 저장할 수 있으면서도 다른 기심과 동등한 힘을 발휘하는 천공기심도 있다.

거기에 설산에서 백야와의 만남으로 얻은 뇌령의 팔도 있었다. 이 팔은 뇌령무극지경의 권능을 발휘하는 열쇠가 되었으며, 동시에 기심이 아니면서도 기심과 동등한 힘의 증폭 장치 역할을 하는 기관이기에 형운의 실질적인 내공 경지는 11심이다.

그런데 과연 이 이상 내공을 높이는 것이 가능할까?

"너는 그 눈으로 보는 것만으로 답을 알 수 있다. 내가 벽을 넘는다면, 그것이 바로 너를 위한 답안지가 되겠지."

귀혁은 씩 웃으며 형운의 어깨에 손을 얹었다.

"흑영신교주, 그 맹랑한 놈이 다시금 네 앞에 설 때는 분명 만반의 준비를 갖춘 후일 것이다. 놈들의 머리로 생각할 수 있는 모든 수단으로 신화의 힘을 갖추고 나오겠지."

"그리고 그때는 아마도⋯ 천두산 때와 달리 제게 신기(神氣)가 주어지지 않겠지요."

지금의 형운은 단기전이라면 신수의 일족과도 자웅을 겨룰 만할 것이다.

하지만 과연 만반의 준비를 갖춘 흑영신교주가 상대라면 어떨까?

인간이 쌓아 올린 무공과 술법 양쪽을 모두 극한까지 연마했으며 암월령을 훨씬 초월하는 신기까지 가진 그를 상대로 승산을 점칠 수 있을까?

형운은 그렇다고 자신할 수 없었다. 하물며 상대는 자신의 전력을 보았는 데 비해 자신은 상대가 어떤 상태인지 전혀 알지 못하는 상황이기까지 하지 않은가?

"따라서 우리는 더욱 진보해야 한다. 인정하자. 놈들은 오만하고 사악하지만 약하지는 않다는 것을. 그리고 우리가 이미 놈들이 '이만하면 됐다'는 나태함을 몇 번이고 쳐부쉈다는 것을."

흑영신교는 승리를 자신하는 상황에서 몇 번이고 형운과 귀혁에게 패배했다.

그 과정에서 그들은 알게 되었다. 자신들이 진보하는 동안 형운과 귀혁 역시 진보한다는 것을. 따라서 이 둘을 상대로 충분한 준비 따위는 없다는 것을!

이제는 서로가 끝장을 볼 때까지 멈추지 않고 달려야만 한다. 뒤쳐지는 쪽은 패배하여 죽게 될 것이다.

"그럼 이제 시작해 보자꾸나."

귀혁은 또다시 진보를 위한 도전을 시작했다.

5

5월 중순, 별의 수호자에는 귀한 손님들이 찾아왔다.

황실에서 엄선한 30명의 무인과 그들을 호위하는 황실 오대고수 중 한 명, 황실 위사부장 사군후는 모두를 긴장하게 만드는 귀빈이었다. 하지만 그 이상으로 사람들의 주목을 모으는 것은 가연국의 대사 루안이었다.

새하얀 비늘을 지닌 용인 루안이 모습을 드러내자 모두 압도당하고 말았다.

신수 운룡의 가호를 받는 하운국에서 용은 가장 신령스러운 존재로 여겨지며 하늘과 구름의 색인 푸른색과 흰색은 가장 선호되는 색이었다. 백색 비늘을 가진 용인, 루안은 하운국 사람들에게 있어서는 넋을 잃고 바라볼 수밖에 없는 존재인 것이다.

"환영합니다. 먼 길 오시느라 수고하셨습니다."

거짓말 같은 정적을 깨고 그녀를 맞이한 것은 특무대주 형운이었다.

그를 본 루안이 반가운 기색을 드러내었다.

그것이 또 나중에 화제가 되었다. 그녀가 별의 수호자에 거래차 방문하게 된 것이 형운 때문임은 이미 알려져 있었다. 하지만 공석에서 보여주는 호의적인 태도는 새삼 형운의 광활하기까지 한 인맥을 실감하게 해주는 부분이었던 것이다.

"이렇게 다시 보게 되어 반갑소. 이곳에 대해서 운성왕자께 많은 것을 들었소만, 실제로 와보니 놀라운 곳이구려. 이곳에 와본 것만으로도 본국에 돌아가면 이야기할 거리가 많아질 것 같소."

고인이 된 환예마존 이현이 구축한 기환진의 힘, 그리고 성도의 탑과 그 위에 환상처럼 떠 있는 성혼좌의 모습은 그 자체로 비현실적인 경이였다.

총단 사람들이야 다들 이미 익숙해져 있지만 처음 방문하는 이들은 다들 놀람을 금치 못했다. 얼마 전, 강주성 지부에서 총단으로 상경한 형운의 호위무사들도 처음에는 신기해서 어쩔 줄 몰라 했었다.

"저희 조직의 자랑이지요."

형운은 여유로운 태도로 그녀를 성도의 탑으로 안내해 주었다. 그녀와 관련해서 추진하는 일들이 많았지만 장로들과 만나서 약재와 연구 자료에 대한 거래부터 이야기하는 것이 우선이었다.

"신수가 훤하군, 설풍미랑. 아니, 여기서는 마 부대주라고 불러주는 쪽이 좋겠는가?"

형운이 루안을 안내해야 했기에 황실 위사부장 사군후를 안내하는 역할은 마곡정이 맡았다. 마곡정은 특무대는 아니었지만 사군후가 그에게 호의를 보인다는 점을 고려한 것이다.

"위사부장님께서 원하시는 대로 불러주셔도 됩니다. 부상은 모두 회복하신 것 같아 마음이 놓이는군요."

"자네 덕분이지. 그러고 보니 이번에 곧 혼인을 한다는 소식을 들었네만?"

"예."

"축하하네. 뭐니 뭐니 해도 남자는 장가를 가서 가정을 이뤄야 진짜 어른이 되는 법이지. 혼인식 일자가 멀어서 참석하기 어려울 것 같아서 유감이군."

"그렇게 말씀해 주시는 것만으로도 영광입니다."

마곡정은 능숙하게 예의를 차려서 그를 접대했다. 조직의 일원으로서 많은 일들을 겪으며 성장한 그가 공적으로 사람을 대하는 태도는 흠잡을 데 없었고, 형운도 그 점을 신뢰하기에 이 역할을 믿고 맡긴 것이다.

장로들과 루안의 협상은 별 잡음 없이 순조롭게 진행되었다.

그것은 아마도 하운국과 가연국의 거리감 때문일 것이다.

이 거래는 서로 경쟁하는 자들이 이익을 도모하는 자리가 아니었다. 100년 동안이나 지극히 한정된 교류만을 해온 두 나라 사람들이 서로에게 없는 지식을 탐하는 자리였기에 양측 모두 욕심으로 부딪치지 않았다.

며칠간의 협상 끝에 별의 수호자 측은 이번에 루안이 귀국할 때 100종류의 약재와 그에 대한 자료를 제공하기로 약속했고, 루안 역시 추후 출발할 교역단에 같은 규모의 약재와 자료를 제공할 것을 약속했다.

"하지만 정말 알면 알수록 놀랍군. 양국 황실의 폐쇄적인 입장이 아쉽기 그지없소."

운성왕자가 그랬듯 루안도 양국 황실이 양국의 교류에 대해 소극적이고 폐쇄적인 것을 아쉬워했다.

그녀가 보기에 중원삼국과 적극적으로 교류할 경우 얻을 수 있는 것은 무궁무진했다. 물론 양국의 사회 질서가 흔들릴 위험이 있다는 사실에는 그녀도 동의하는 바였지만 말이다.

"당신들의 비약, 이것만 있다면 버려진 땅의 마인들을 상대하는 데 큰 힘이 될 터인데……."

양국 황실의 입장상 교역 대상에 넣을 수는 없지만, 황실은 별의 수호자 측에서 그녀에게 개인적으로 비약을 선물하는 것까지는 윤허해 주었다.

루안은 선물로 받은 비약 중 하나를 자신의 호위 책임자인 라이간에게 복용토록 하였고, 그가 말하는 효과에 놀람을 금치 못했다. 라이간은 그동안 먹은 영약들을 가뿐하게 상회하는 효과를 실감했던 것이다.

"영약이란 당연히 귀한 것이거늘, 그것을 인공적으로 재배하고 그것을 통해 이런 약을 만들어내다니 귀 조직에 대해서는 정말 경탄을 금치 못하겠구려."

심지어 별의 수호자가 많은 영약을 인공적으로 재배하는 데 성공했음을 알게 되자 그녀는 기절초풍할 지경이었다.

영수들 중에도 영약의 재배에 성공한 자들은 있다. 하지만 그것은 빙령에게 설당정을 지원받는 백야문이 그렇듯 특별한 조건이 갖춰져야만 가능한 일이었고, 당연히 생산량도 많지는 않았다.

하지만 별의 수호자는 다양한 영약을 '산업'이라 부르기에 충분한 규모로 생산하고 있다. 만약 약초꾼들의 채집에만

의존했다면 별의 수호자의 비약은 훨씬 효과가 떨어졌을 것이며, 종류와 양도 지금처럼 풍부할 수 없었을 것이다.

별의 수호자의 힘은 연단술로만 이루어진 것이 아니다.

연단술을 뒷받침해 주는 약학은 물론이고 약초학과 약초, 영약을 재배하기 위한 농학, 인체를 연구하는 의학, 그리고 비약의 가장 큰 수혜자인 무인을 연구한 무학에 이르기까지…….

실로 방대한 학문적 성과의 집대성이 지금의 별의 수호자인 것이다.

이 시대에는 별의 수호자 말고도 연단술을 추구하는 조직이 많다. 하지만 막대한 자금이 투자되는 위진국 백리세가의 연단술 조직조차 별의 수호자의 발끝에도 미치지 못하는 것에는 그만한 이유가 있었다.

"왜 삼국에서는 마인들이 음지로 밀려났는지 이해하겠소. 당신들의 역사가 곧 인간의 힘이구려."

그 본질을 이해한 루안은 경탄하다 못해 두려울 지경이었다. 그녀는 가연국 황실을 대표해 먼 이국으로 파견될 만큼 총명하기에 지금까지 여기 와서 접한 상식의 차이, 그리고 별의 수호자 종단에서 본 몇몇 단서를 종합하여 진실을 통찰한 것이다.

"양국 황실이 무엇을 두려워하는지도 알 것 같소. 이것은 본국에는 독이 든 보물과도 같군."

루안이 비약이 든 병을 보며 쓴웃음을 지었다.

"지금으로서는 선풍권룡, 당신이 만들어준 이 기회가 최선인 것 같소. 어쩔 수 없는 일일 테지."

약초 거래부터 시작해서 별의 수호자의 약학을 받아들여서 독자적으로 연구하면 느릿느릿하게라도 성과를 낼 수 있을 것이다. 루안은 현실적인 문제를 이해하고 귀국한 후에 할 일들을 구상했다.

그런 그녀에게 형운이 말했다.

"그 부분은 어쩔 수 없는 부분이겠지만, 좀 더 적극적으로 교류해 볼 수 있는 부분도 있겠지요."

"어떤 제안을 가져오셨소?"

"무공의 교류를 제안드리고자 합니다. 제 스승께서 가연국의 무공에 관심을 갖고 계십니다."

"당신의 스승이라면, 오성 중 제일이라는 영성을 말씀하시는 것이오?"

"그렇습니다."

"황실에서 들었소. 세상에는 잘 알려져 있지 않으나 별의 수호자의 오성은 모두가 경천동지할 고수들이라고. 스승의 경지를 묻는 것은 실례가 될지 모르나 확인하고 싶군. 혹시 당신의 스승께서도 무신통의 고수이시오?"

"예, 그리고……."

형운이 빙긋 웃으며 덧붙인 이야기는 루안을 더욱 놀라게 했다.

"만약 제안을 수락해 주신다면, 이 교류에 제 친구도 함께 참여할 것인데 그녀 또한 무신통의 고수입니다."

"……."

루안 입장에서 보면 무신통의 고수가 홍수처럼 쏟아지는 상황이었다. 말문이 막힐 수밖에 없었다.

6

루안이 형운의 제안을 흔쾌히 받아들여서 무공의 교류가 시작되었다.

라이간은 이 소식을 전해 받고 홍분을 금치 못했다.

이미 형운을 통해서 중원삼국의 심상경의 고수가 어느 정도의 실력을 지녔는지 온몸으로 체감했다. 그런데 그런 고수 두 명과 심도 깊은 무공 교류를 할 기회를 얻다니 그의 입장에서는 인생에 다시없을 기연이 아니겠는가.

형운은 이 일을 추신하기는 했지만 유감스럽게도 한두 번 가서 가볍게 참석했을 뿐 그 이상으로 개입할 수는 없었다. 그러기에는 너무 할 일이 많았기 때문이었다.

'정말 몸이 열 개라도 부족할 지경이군.'

일이 많아도 너무 많았다. 사람을 만나러 다니는 것만으로도 하루 열두 시진이 모자랄 지경이다.

'광마의 광령신 같은 기술이라도 있었으면!'

멀리 떨어진 곳에도 분신을 만들어서 자신처럼 활동하게 하는 놀라운 기술, 죽은 광세천교의 칠왕 광마의 비기 광령신이 그렇게 부러울 수가 없을 지경이었다.

그러던 중, 의외의 인물이 형운을 방문했다.

격무에 시달리다가 자신의 거처로 돌아온 형운은 흠칫 놀랐다.

처음 보는 중년 남자가 응접실에 앉아 있었다. 시비들의 말에 따르면 특무대 일로 방문한 성운검대원이라고 했다.

하지만 형운은 그가 인피면구를 써서 정체를 위장하고 있음을 알아보았다.

"이분과 둘이서만 이야기하고 싶으니 모두 자리를 비켜주세요."

형운의 말에 시비들이 자리를 피했다. 형운은 호위무사들도 멀리 떨어지게 한 다음 물었다.

"놀라서 심장이 떨어질 뻔했습니다."

"그런 것치고는 놀란 기색이 아니더군."

"제가 표정 관리를 좀 잘하는 편이라서요. 대체 무슨 일로 그렇게 변장까지 하시고 오신 겁니까, 풍성께서?"

중년 남자의 정체는 바로 풍성 초후적이었다.

초후적이 말했다.

"한눈에 알아보다니, 오랜만에 변장을 해서 영 어설펐나 보군. 하긴 내가 마지막으로 인피면구를 써본 것도 10년은 된 일이지."

"그렇진 않았습니다. 저니까 알아본 거지요."

"눈썰미를 자랑하는 건가?"

"예."

"······."

형운이 뻔뻔하게 대답하자 초후적은 잠시 말문이 막혔다.

"···곡정이 친구라서 그런가, 그런 점은 곡정이와 쏙 빼닮았군."

"네? 아니, 갑자기 찾아오셔서는 무슨 그런 욕을 하십니까?"

"그렇게 반응하는 점도 곡정이랑 똑같군. 형제가 아닌가 의심스러울 정도로."

"······."

이번에는 형운의 말문이 막혔다.

초후적이 말을 이었다.

"익숙지 않은 짓을 한 것은··· 대놓고 만나러 오면 자네 입장이 난처할 것 같아서였다."

"서로 마찬가지가 아닐까요?"

"나는 별로 상관없다. 아쉬운 입장으로 온 것이니까."

"아쉬운 입장이라고요?"

"자네에게 부탁하고 싶은 게 있다."

초후적은 여전히 무뚝뚝한 어조로 자신의 아쉬움을 이야기했다.

"실은 비약을 좀 먹으려고 한다."

그 말을 듣는 순간, 형운은 그가 자신을 찾아온 이유를 짐작할 수 있었다.

귀혁의 예상이 맞은 것이리라. 초후적은 9심 경지에 오를 단서를 찾았다.

형운의 눈빛이 변하자 초후적이 말했다.

"내가 무엇을 하려는지 이미 알고 있는 것 같군."

"……."

"시치미 뗄 것 없다. 비밀리에 진행하기는 했지만 자네나 자네 사부라면 눈치챌 거라고 생각했으니까."

"9심에 도전하시려는 겁니까?"

"맞다. 난 최대한 승산을 높이고 싶다. 그러기 위해서는 꼭 자네의 도움이 필요하다."

초후적은 빙빙 돌려 말하길 싫어하는 사람이었다.

무인으로서 경지에 오르기 위해서라면 정적의 제자에게도 고개를 숙인다. 거래를 하러 왔으면서도 자신이 아쉬운 입장임을 감추지 않는다. 그리고 무엇을 이루고자 하는지도 당당하게 밝힌다.

"제가 협조해 드릴 것이라고 생각하십니까?"

형운은 그런 초후적의 성품이 마음에 들었다.

하지만 그와 자신은 정적(政敵)이다.

이렇게 만나는 것만으로도 입장이 난처해질 수 있는 관계다. 그렇기에 형운은 인간적인 호감만으로 그의 부탁을 들어줄 수 없었다. 그것은 자신을 지지해 주는 수많은 사람을 배신하는 행위니까.

그러니까 초후적이 형운에게 부탁하는 것은 사적인 청탁이어서는 안 된다. 정적이라는 입장을 고려한 거래여야만 한다.

"부탁하는 것만으로는 안 되겠지. 그 점은 잘 안다."

초후적은 사전에 운 장로에게 이 일을 상의했다. 운 장로는 초후적의 도전이 갖는 의미를 이해하고 존중하는 의미에서 형운과 거래할 만한 재료를 마련해 주었다.

"운신단의 복용 실험이 끝나고 공식 발표 되면 자네에게 세 개를 내주지."

이 장로가 천공단을 연구해서 천명단을 만들어낸 것처럼 백운지신 연구진도 백운단을 연구해서 운신단이라는 비약을 만들어내었다.

운신단에 기대할 수 있는 효능은 천명단과 동급, 즉 일월성단급 비약이라는 뜻이다.

"그리고 지금의 자네에게 필요할지는 모르겠지만, 운 장로님에게 배정된 일월성단을 하나 내주겠다."

형운은 자신이 야만의 땅 연구단 건으로 네 명의 장로에게 일월성단 네 개를 받아낸 것을 비밀로 해두었다. 하지만 성도의 탑에서 일월성단을 가져가면서 운 장로의 정보망을 피할 수 있으리라고 생각하지도 않았다.

"본의는 아니지만 일월성단 부자가 되었군요."

이런 날이 올 거라고는 꿈에도 상상하지 못했다. 일월성단 네 개의 사용권은 곧 그만큼의 권력이나 다름없다.

"하지만 제약이 있다. 일월성단―달과 태양 중에 하나를 선택해야만 할 것이다."

"그 점은 알고 있습니다."

장로회에서는 유명후의 폭주 이후 제3의 일월성신이 탄생할 가능성을 원천적으로 차단하고 싶어 했다.

그래서 한 사람에게 일월성단 3종이 모두 주어지는 상황을 허락하지 않는다. 형운이 고를 수 있는 것은 2종뿐이다.

초후적이 물었다.

"이 정도면 자네를 도우미로 초빙하는 대가로 충분하겠나?"

"좀 의아합니다."

"뭐가 말인가?"

"충분하다 못해 과할 정도입니다. 9심에 대한 도전이 아무리 주의를 기울여도 모자란 과업임은 인정합니다만, 그렇게까지 해서 저를 초빙하려고 하시는 이유가 더 있을 것 같군요."

형운은 분명 비약 복용자에게 있어서는 그 어떤 기공사도, 오성조차도 능가하는 최고의 도우미다.

하지만 풍성 초후적이 이렇게까지 하면서 형운을 바라는 이유가 단지 승산을 높이기 위해서일 뿐일까?

초후적이 말했다.

"자네가 아니면 안 된다. 이번 일을 위해서 지성도 총단으로 불렀고, 곡정이도 도와주기로 했지만 자네가 없으면 만전을 기했다고 할 수 없지."

이쯤 되자 형운은 한 가지 사실을 눈치챘다.

"일월성단이나 천명단을 드시려는 게 아니군요. 어떤 비약입니까?"

곧바로 나온 초후적의 대답은 형운조차 놀라게 만들었다.

"백운단이다."

백운지신의 원천이며 천공단, 혼몽단과 더불어 일월성단보나노 능납이 높은 별의 수호자 최고 기밀.

형운은 자신이 천공단에 이어 백운단을 접할 기회가 왔음에 전율했다.

형운은 가려와 귀혁의 일을 처리한 후에도 며칠에 한 번씩 도우미 일을 처리하고 있었다.

황실 위사부장 사군후가 데려온 30명의 황실 무인 때문이었다.

황실에서는 그들에게 일월성단급 비약을 복용시킬 것을 원했다.

하지만 그것은 일월성단 3종과 천명단 중에 아무것이나 먹이면 끝나는 일이 아니었다. 별의 수호자는 정밀한 검사를 통해서 그들에게 가장 적합한 비약을 고르는 작업을 거쳤다.

그리고 먼저 준비가 된 인원들부터 차례차례 복용하고 있었다.

서하령이 물었다.

"황실 무인들은 어때?"

"다들 수준이 높아."

천두산 사태로 인해 발생한 황실의 무력 공백을 메꾸기 위해 선택된 무인들이다. 그들은 황실에 대한 높은 충성심과 뛰어난 무공을 고루 갖추고 있었다.

이미 다들 무공이 뛰어난 이들이었기에 일월성단이나 천명단을 복용했을 때의 효과도 확실했다. 다들 내공이 한 단계

씩 상승할 것이다.

"전원이 5심 혹은 6심이었으니, 곧 6심 아니면 7심이 되겠지."

"투자 대비 효율이 확실하니 추가 투자를 생각할지도 모르겠네."

"가능성은 있어."

"곡정이는 그 위사부장님 상대하랴, 혼인 준비하랴, 아주 정신이 없는 모양이던데."

사군후는 마곡정을 굉장히 마음에 들어 해서 종종 말벗으로 삼고 싶어 했다. 하지만 마곡정 입장에서 보면 황실에 대한 충성심을 불태우는 노무인을 상대하는 것이 달가운 일은 아니어서 정신적으로 상당히 피곤한 모양이다.

형운이 변명하듯 말했다.

"대신 백 대주님이랑 협상해서 척마대 업무에서는 빼줬어."

"그 정도는 배려해 줘야지."

"그쪽은 어때? 잘되어가?"

"응. 네가 미리 준비해 준 자료가 충실해서 진도가 아주 빨라. 가 무사랑 곡정이랑 천 공자가 머리를 맞대니 이런 성과가 나오는구나."

"…나도 같이했거든?"

형운이 어이없어하며 묻자 서하령이 코웃음을 쳤다.

"아, 물론 네가 핵심이란 건 인정해. 너처럼 뛰어난 연구 자료 제공자가 어디 있겠어?"

"연구도 같이했다고."

"아주 보편적인 관점을 제시하는 정도였지? 혹시 그 이상 으로 기여했어?"

"젠장. 내가 조금만 뻔뻔했어도 얼굴에 철판 깔고 고개를 끄덕이겠는데……."

형운이 투덜거리자 서하령이 깔깔 웃고는 말했다.

"자료를 보니 너는 자료 제시, 곡정이가 전반적인 해석, 그 리고 가 무사와 천 공자가 그걸 골격으로 삼아서 세부를 채워 넣는 식이었던 것 같네. 안 그랬으면 그만큼의 자료를 정리해 서 줄 수 없었겠지."

인간 모습의 영수나 다름없는 몸이 된 마곡정은 형운보다 도 영신단을 깊게 이해할 수 있었다. 그의 관점이 아니었다면 형운이 귀혁에게 건네준 자료는 훨씬 부실했을 것이다.

서하령이 말했다.

"영신단은 아주 흥미로워. 영수 혼혈에게는 기심법보다 더 나은 길이 될 수 있을지도 몰라."

"먼 훗날에는?"

"응, 그렇게 된다 하더라도 이 시대에는 아니야."

서하령이 아쉬움을 드러냈다.

"아예 그쪽에게서 낱낱이 전수받는다면 또 모를까, 우리가 할 수 있는 일은 싹을 틔우는 것 정도에서 그칠 거야."

기심법은 이미 아득한 세월 동안 셀 수 없을 정도로 많은 가지를 쳐가면서 발전해 왔다. 그 방대함과 완성도는 감히 한 개인이 도전할 수 있을 정도로 가벼운 것이 아니었다.

영신단 역시 기심법을 기반으로 수백 년 동안 발전해 온 기술이니 그만한 완성도를 가졌다. 하지만 귀혁과 서하령이 하는 것은 그 정수를 전수받는 것이 아니라 어디까지나 훔쳐 배우는 것이다. 재현하는 데 성공한다 해도 가연국의 무사들이 익힌 영신단하고는 비교할 수 없을 정도로 완성도가 열악할 수밖에 없다.

이질적인 기술을 연구하여 완성도를 높이는 것은 단기간에 할 수 있는 일이 아니다. 기심법과 같은 가치를 지닌 선택지로 만들어내기 위해서는 추후 무학원에서 수십 년, 어쩌면 백 년 이상의 세월을 투자해야 할지도 모른다.

형운이 물었다.

"너 개인적으로는?"

"그야 당연히 성과가 풍부하지."

"역시."

남에게 가르칠 수 있도록 체계화된 이론을 완성하는 것과는 별개의 문제다. 성운의 기재이며 대영수의 혈통이기도 한 서하령은 이 연구를 통해서 정말 많은 성과를 얻고 있었다.

형운이 물었다.

"그쪽의 반응은 어때?"

"분위기가 좋아. 물론 우리가 기술을 어느 수준까지 훔쳐내고 있는지를 알면 노발대발하겠지만……."

가연국 무인들 입장에서는 설마 이런 가벼운 교류로 기술의 진체를 도둑맞으리라고는 상상도 할 수 없으리라.

"오히려 우리가 이 정도로 꾸준히, 성의 있게 자신들을 상대해 준다는 것에 감격하는 눈치던걸?"

"황족의 배려로도 무신통의 강자에게 지도받을 기회를 얻는 것이 힘들 지경인 것 같으니."

그들 입장에서는 매일매일 기연을 만나는 기분일 것이다. 특히 라이간 입장에서는.

그렇게 특무대의 일은 큰 탈 없이 진행되어 가고 있었다.

제186장
구름처럼

성운을
먹는자

1

특무대가 진행하는 일들이 총단을 전쟁처럼 바쁘게 만들었지만, 그럼에도 총단에는 특무대와 상관없이 진행되는 많은 일이 있었다.

별의 수호자 정보부는 최근 척마대와 힘을 합쳐 한 가지 문제를 조사하고 있었다.

그것은 바로 상우선과 상년신, 오연서가 공통적으로 지적했던 문제다.

그들이 상대하는 마인이 이상할 정도로 비슷한 느낌을 갖고 있다. 마치 같은 비약을 먹고 내공을 성장시킨 별의 수호자의 무인들이 그런 것처럼…….

척마대는 척살한 마인의 시체를 봉인하여 정보부에게 인도했다.

특히 척마대 운벽성 지부장으로 취임한 양우전은 이 문제에 있어서 가장 큰 공을 세우고 있었다.

다른 이들은 어느 마인이 그 수상한 느낌을 지녔는지 알지 못하는 데 비해 양우전은 확실하게 그런 마인을 골라낼 수 있기 때문이었다.

"아무래도 가설이 맞은 것 같군."

그동안 수십 구의 시체를 조사한 정보부는 슬슬 한 가지 결론에 도달하고 있었다.

"전국 각지의 마인들에게 조직적으로 비약을 제공하는 놈들이 있다."

그것도 별의 수호자의 상급 비약만큼이나 뛰어난 효과를 지닌 비약을.

"이만한 일을 할 만한 조직력을 지닌 놈들이라면 흑영신교밖에 없는데……."

"놈들이 교도가 아닌 자들에게 비약을 뿌리고 다닐 리가 없지요. 그리고 양우전 지부장의 보고로도 그렇습니다."

"암천동맹(暗天同盟)이라는 자들 말인가?"

"예, 아직 확실하지는 않지만 몇 번 그 이름이 언급된 상황입니다."

정말 마인들다운 작명 감각이다.

문제는 저 이름이 대놓고 조직임을 과시하고 있다는 것이다.

마인들은 조직화가 힘든 족속들이다. 모여 다닌다고 해봤자 산적 떼 수준의 소규모가 고작이고 그 이상으로 큰 조직은 굉장히 희귀한 편이다.

그런 조직을 이루기 위해서는 혼돈 그 자체인 마인의 욕망조차 넘어서 그들을 하나로 묶어주는 목적이 필요하다. 그리고 그런 목적이 등장하기란 굉장히 어려운 일이었다.

"그놈들이 과연 신흥 세력일까, 아니면 다른 놈들이 내세운 새로운 명의일까?"

"구세력의 새로운 얼굴이라고 가정할 경우, 흑영신교가 아니라면 이런 걸 만들어낼 만한 기술력이 있는 놈들이라면… 흑무곡은 망한 지 좀 됐고, 홍사촌이나 혈살단 정도가 생각납니다만."

하운국 사대마는 흑무곡주가 죽으면서 흑무곡이 와해되고, 백마가 죽으면서 이대마로 줄어들었다.

홍사촌은 홍사촌주가 죽긴 했지만 조직 자체는 존속했고, 최근 들어 조금씩 활동을 재개한 흔적이 보이고 있다. 그리고 혈살단은 여전히 암암리에 활동 중이다.

"홍사촌은 시귀술사를 육성하는 과정에서 자체적으로 쓰

는 비약이 있는 것으로 추정되긴 하지만, 이렇게 보편적이고 강력한 효과를 내는 비약을 만들어낼 기반이 있다고는 생각하기 힘들어."

"하긴 그렇지요. 혈살단은 애당초 연단술과는 거리가 먼 놈들이고요."

"풍령국이나 위진국의 마인 조직이 들어왔을 가능성은?"

"풍령국 쪽은 아닐 겁니다."

"위진국 쪽은 어떻지?"

정보부장이 위진국 담당자에게 묻자 그는 잠시 생각해 보고는 대답했다.

"가능성이 있습니다. 흑요상단(黑妖商團)이라면……."

"오흉마… 아니, 삼흉마인가."

"역사도 길고 워낙 비밀이 많은 놈들이라… 활동 범위도 예측할 수 없고요."

"그놈들이 이 나라의 마인들을 대상으로 뭔가 장난질을 치고 있을 가능성도 있다?"

"예."

"흠, 높은 가능성은 아니겠지만 그래도 염두에는 둘 만하겠지. 일단은 흑영신교, 흑요상단, 그게 아니라면?"

"정말로 어디선가 튀어나온, 정체불명이고 강력한 신흥 조직이겠죠."

가능성이 희박한 가설이다. 하지만 세상에는 종종 그런 일이 일어나는 법이다.

　특히 신화시대에 봉인되었다가 세월을 뛰어넘어 튀어나온다거나, 예기치 못한 재난으로 인해 마계와 현계가 이어지면서 그 힘을 지닌 존재가 탄생한다거나… 하여튼 인간의 지혜로 대비할 수 없는 그런 일들이 빈번하게 벌어지는 것이다.

　"사실 이게 가장 가능성이 높습니다."

　"유감이지만 동의하게 되는군. 하지만 그놈들이 흑요상단이라는 놈들이었으면 좋겠군. 또 강력하고 미친놈들의 집단이 새로 등장하다니, 일거리가 폭주할 것 아닌가."

　정보부장이 한숨을 쉬었다.

　그리고 이들이 겪고 있는 어려움은 이 사태의 배후, 흑영신교가 의도하는 방향으로 향하고 있었다.

2

　황실에 납품할 물건의 운송, 그리고 파견될 인재들의 호위에는 믿진을 기해야 한다.

　4월 말에 수성 이선광이 1차 물량과 인원을 책임지고 제도로 향한 데 이어 6월 초가 되자 2차 물량과 인원이 출발했다. 이번 운송 책임자는 파견 경호대주 손두언이 맡게 되었다.

본래는 영성 귀혁, 풍성 초후적 둘 중 한 사람이 움직였어야 할 건이다.

하지만 둘 다 일신상의 일을 이유로 휴가를 낸 상태였다.

오성이 책임져야 할 일은 많지만, 어떤 의미에서 가장 중요한 것은 별의 수호자의 가장 강력한 무력으로서 존재하는 것이다. 그렇기에 그들이 무공의 향상을 이유로 휴가를 청할 때는 존중해 주는 것이 별의 수호자의 관례였다.

특무대주인 형운이 격무에 치이는 지금, 차기 수성 후보로 거론되는 손두언은 오성을 대신해 그 책임을 질 만한 인물이었다.

'실은 대체할 수 있는 인물이 많긴 하지만 정작 선택지가 없단 말이지.'

형운이 쓴웃음을 지었다.

놀랍게도 그의 주변에는 오성을 대신해서 이 일을 진행할 만한 인물이 많이 있다.

하지만 다들 이 일에 나서기에는 좀 문제가 있다.

척마대주 백건익은 용무문과의 협동 작전을 위해서 해룡성으로 떠났다. 아마 몇 달은 지나야 복귀할 것이다.

음공원주 서하령은 가연국 무인들과의 무공 교류, 영신단 연구로 바빴다. 그리고 그녀는 애당초 무인으로서의 경력을 쌓는 데 욕심이 없다.

'사실 곡정이가 최적이긴 한데……'

지금의 마곡정은 무력 면에서는 충분히 오성급이라고 할 만한 강자다. 그리고 마곡정 입장에서 이 일을 해내면 큰 경력이 될 것이다.

하지만 당장 혼인 준비로 바쁜 그가 경력 쌓겠다고 예은의 곁을 떠날 리가 있겠는가?

마지막으로 가려가 있다. 하지만 가려의 무위는 공식적으로는 알려지지 않았고, 또 경력상으로도 형운의 호위 책임자 이상으로 큰일을 맡아본 적이 없으니 장로회가 허락할 리 없다.

'그리고 나도 보낼 마음 없고!'

가려가 일월성단을 복용하고 8심 내공을 이룰 때까지 보름 넘는 시간 동안 떨어져 있어야 했다. 그동안 그녀가 보고 싶어서 말라 죽는 기분이었던 걸 생각하면 절대 그러고 싶지 않았다.

"뭐 하시는 겁니까?"

죽상을 한 채 서류를 보던 형운이 갑자기 자기를 끌어안자 가려가 살짝 얼굴을 붉혔다.

"그동안 세세 부족했던 영양분을 채우고 있어요."

"영양분이라니, 여자를 안고 부비부비해야 나오는 영양분이 있다는 건 금시초문입니다만?"

"가려분이라고, 누나를 보고 만지고 느껴야만 얻을 수 있는 영양분이에요. 이게 부족해지면 집중력이 산만해지고 매사에 의욕이 떨어지게 되죠."

"……."

가려는 형운이 격무에 치이다가 마침내 미쳐 버린 게 아닐까 하는 의문이 듬뿍 담긴 눈길을 보내주었다.

하지만 형운은 그러거나 말거나 가려를 끌어안은 채 부비부비하며 행복해하고 있었다.

"어경혼 부대주처럼은 되지 않겠다고 하시지 않았습니까?"

"사람에게는 휴식이 필요해요. 지금은 잠깐 휴식을 취하는 거라고요. 딱 일각만 이러고 있죠."

형운이 어경혼처럼 공사 구분을 못 하는 것도 아니고, 그의 업무량이 살인적이라는 것은 누구나 인정하는 바였다. 일월성신이 아니었다면 진짜로 말라 죽었을 것이다.

그런 그가 죽는 소리를 하면서 일각만 쉬겠다고 하니 가려도 더 이상 까칠한 소리를 할 수가 없었다.

"흠. 그, 그렇다고 해도 이건 제가 너무 불편합니다."

"에이, 너무 그러지 말아요."

"이리 오시지요."

"음?"

가려가 몸을 빼며 말하자 형운이 의아해했다.

가려는 긴 장의자에 앉아서 자신의 허벅지를 툭툭 쳤다.

"기왕 쉬실 거면 좀 더 편하게… 여, 여기 누우셔도 좋습니다."

슬쩍 시선을 외면하고 말하는 가려의 얼굴이 사과처럼 붉어져 있었다.

형운은 잠시 멍하니 그녀를 바라보다가 벼락처럼 움직였다.

의자에서 일어나서 그녀 옆에 앉은 다음 눕기까지는 그야말로 눈 깜짝할 새였다. 형운은 사뿐히 그녀의 허벅지에 머리를 얹고 그 부드러움을 즐기려고 했지만…….

'생각해 보니 누나 다리도 근육질이지.'

골수 무인인 가려의 다리는 그야말로 영양처럼 탄력적인 근육질이었다. 여자 허벅지 하면 떠오르는 부드러움과는 거리가 있다.

'뭐 어때.'

그래도 상관없었다. 형운은 그녀의 다리를 베고 그녀의 얼굴을 올려다보았다. 가려는 부끄러워서 눈길을 피하고 있지만 그런 모습을 보는 것도 또 즐거움이다.

형운이 행복한 표정으로 말했다.

"이런 모습을 누가 보면 제 평판이 어떻게 될까요?"

"공자님 평판이야 아무래도 상관없지만 제 평판이 걱정되는군요."

"와, 너무한다. 그러기예요?"

"걱정 마시지요. 누군가의 접근을 감지하는 데 소홀함이 없도록 하겠습니다. 누가 문을 벌컥 열고 들어왔을 때 보이는 것은 업무 시간에 마치 자기 방에서 뒹굴듯이 의자에 널브러져서 농땡이를 피우는 공자님의 모습뿐일 겁니다."

"그렇게 놔둘 것 같아요? 망할 거 같으면 혼자는 안 망해요. 같이 망해줄 테다."

형운은 가려와 시시덕대다가 문득 상체를 벌떡 일으켜서 앉았다.

"왜 그러십니까?"

"영 부대주가 오고 있네요. 속도나 경로로 보건대 뭔가 보고하기 위해서 여기로 오는 것 같아요."

형운이 투덜거렸다. 일월성신의 능력이 아는 인물의 접근을 알려주었기 때문이다.

"후우. 일각도 못 쉬게 하다니. 아, 참. 누나."

아슬아슬할 때까지 가려와 붙어 있었던 형운은 한숨을 쉬며 일어났다. 그러더니 문득 생각났다는 듯 가려를 바라보았다.

가려가 의아해하는 순간이었다.

쪽.

형운이 벼락처럼 입을 맞추었다.

"음, 됐어요. 이걸로 못 쉰 만큼은 보상받은 걸로 하죠."

"……."

잠시 멍청한 표정을 짓고 있던 가려의 얼굴이 화악 달아올랐다.

그 직후 영 부대주가 보고를 위해 들어오더니 의아한 표정을 지었다.

형운이 물었다.

"왜요?"

"아, 그게… 웬일로 호위단주가 안 보이시길래 말입니다."

"가 단주는 제가 시킨 일이 있어서 잠깐 자리를 비웠습니다."

"그랬군요. 워낙 신출귀몰하셔서 계시는지 안 계시는지 알 수가 없군요, 하하."

하지만 사실 형운의 대답은 거짓말이었다.

가려는 새빨개진 얼굴을 수습 못 해서 병풍 뒤에 은신하고 있었기 때문이다.

'공자님 바보! 공사 구분도 못 하는 멍청이!'

가려는 마음속으로 원망의 말을 쏟아내었지만 형운에게 들릴 리가 없었다.

3

흑영신교주는 어둠 속에 있었다.

"슬슬 세상에 뿌린 씨앗이 싹을 틔우고 있구나."

교주는 세상 곳곳에서 날아드는 보고를 듣고 있었다.

마인들이 들불처럼 일어나고 있었다.

하운국 각지에서 마인들에 의한 피해 사례가 보고된다. 기존에 알려졌던 마인들이 아니라 무명의 마인들이 속속 등장해서 피의 축제를 벌이고 있었다.

"놈들도 이제 충분히 냄새를 맡았겠지. 암천동맹(暗天同盟)의 이름이 드러나기 시작할 것이다."

"혈혼단 계획이 이런 식으로 흘러갈 줄은 몰랐는데 말이오."

만마박사가 재미있다는 듯 말했다.

혈혼단 계획은 천두산 사태와 함께 오랫동안 그들이 공들여 진행해 온 계획이다.

원래 계획 목표는 그저 각지의 마인들에게 혈혼단을 줘서 공력을 증강시키고, 힘에 취한 그들을 느슨한 조직으로 묶어서 혼란을 유발하는 용도로 쓰는 것이었다.

이것을 통해 흑영신교가 얻고자 하는 이익은 적대 세력들의 전력 분산이었다.

각지에서 마인들이 날뛰는 상황이라면 하운국 황실도, 별의 수호자도, 천하십대문파도 밖으로 나다니는 이들을 위해 더 많은 전력을 투입할 수밖에 없을 테니까. 외부인들을 이용해서 이런 효과를 얻을 수 있다면 혈혼단이라는 귀중한 자원을 투자할 가치가 충분하다.

하지만 이 계획은 천두산 사태 이후 대폭 수정되었다.

교주가 위진국에서 기연을 만났기 때문이다.

흑요상단의 백사왕은 스스로의 목숨을 구하는 거래로 교주에게 비장의 보물을 내놓았다. 그 보물은 바로……

"혈살단과 뿌리를 같이하는 대요괴의 심장이라니, 그런 것이 우리 정보망이 닿지 않는 곳에 존재하고 있었을 줄이야."

고대에 세상을 공포에 떨게 했던 대요괴의 심장이었다.

기록에 따르면 이 요괴는 하운국 황실에서 총력을 기울여 토벌했던 존재다.

단지 대요괴이기 때문에, 포악하게 날뛰었기 때문이 아니라 그 본질이 너무나도 위험한 재해였기 때문이다.

이 요괴는 자신의 피 한 방울을 먹이는 것만으로도 온갖 존재들을 요괴로 재탄생시킬 수 있었다. 그리고 그렇게 만들어진 요괴는 그에게 정신적으로 종속되어 거스를 수 없는 지배 체계에 들어가게 된다.

결국 이 요괴는 하운국 황실에 의해 토벌당했지만, 완전히 사라지지는 않았다. 황궁의 술사들이 연구자로서의 욕심을 부리는 바람에 요괴의 시신 중에서 뇌와 심장만큼은 봉인되어 남았기 때문이다.

이 뇌와 심장은 또 지금으로부터 수백 년 전에 황족들이 제

위를 두고 다투는 난리 통에 실종되었는데, 그중 뇌가 술법에
능통한 요괴의 손에 들어가 연구된 끝에 현재까지도 하운국
이대마의 일각을 차지하고 있는 전설적인 자객 집단 혈살단
을 탄생시켰다.

그리고 심장은 여러 주인의 손을 거쳐 백사왕의 손에 들어
가 있었던 것이다.

혈살단은 대단히 특이한 단체다. 그들은 실체 없는 마귀와
같다. 오직 마인으로 이루어진 이 집단의 구성원들은 심령이
하나로 이어져 있다.

그 결과 그들은 마치 술법으로 형성한 심마를 몸에다 심어
둔 것처럼 같은 목적과 규율을 강박적으로 공유한다. 그리고
어떤 구성원이 보고 들은 사실을 다른 구성원들이 곧바로 알
게 된다.

그것은 인간의 사념으로부터 태어난 요괴가 인간을 숙주
로 삼아서 혈살단이라는 존재를 유지하는 것에 가깝다. 혈살
단의 구성원들은 모두 각자의 목적을 위해 그 요괴와 계약을
맺고 자신을 내준 것이다.

그것이 혈살단이 근절되지 않는 이유이며, 또한 집단으로
서 마공과 자객의 기술을 계승하고 발전시킬 수 있었던 이유
이기도 하다.

이들을 없앨 방법은 아직까지 존재하지 않는다. 환예마존

이현이 생전에 그것을 숙원으로 삼았지만 결국 완성하지 못하고 세상을 떠났다.

대요괴의 뇌가 이런 조직의 근본이 된 것을 생각하면 심장 또한 그에 못지않은 힘이 비장되어 있음을 알 수 있을 것이다.

하지만 그 힘은 쉽게 다룰 수 있는 것이 아니었다. 흑요상 단의 대요괴가 먹어치우지도, 활용하지도 않고 보관만 하고 있었던 것도 다 이유가 있다.

영격 상승을 꾀하겠다고 먹었다가는 오히려 먹힐 수도 있다.

술법으로 뭔가 쓸 만한 존재를 만들어내겠다고 하다가는 혈살단처럼 통제 불가능한 집단이 만들어질 수도 있다.

흑영신교주는 굳이 이런 위험성을 피하려고 들지 않았다.

'통제할 수 없는 힘이라면, 통제하지 않으면 된다.'

혈혼단 계획은 암천동맹 계획이 되었다.

흑영신교주의 술법으로 의지를 갖게 된 대요괴의 심장은 죽은 요괴의 심장을 초월한 존재가 되었다. 그것은 신실한 흑영신교도의 몸을 숙주로 삼아 생전의 특성을 발휘하기 시작했다.

대요괴의 뇌가 혈살단이 된 것처럼, 대요괴의 심장은 이제 암천동맹이 되었다. 이 조직의 목적은 두 가지다.

혈혼단과 자신의 피를 섞어 만든 새로운 비약으로 마인을 늘린다.

그리고 그들을 부추겨서 혼란을 일으킨다.

즉, 암천동맹은 마치 역병처럼 마인을 만들어내고, 그들을 통해 혼란을 만들어내는 것이 목적인 조직이다.

그들은 흑영신교의 통제를 받지 않는다. 암천동맹의 규모가 확장되어 가면서 종종 흑영신교와 부딪치는 일도 생기고 있었다.

하지만 흑영신교는 그런 피해를 기꺼이 감수했다. 암천동맹이 일으키는 혼돈은 혈혼단 계획으로 노리는 것보다 훨씬 큰 전략적 이익을 그들에게 가져다줄 것이기 때문이다.

"이 혼돈은 결국 완전한 질서, 어둠의 구세를 위한 양분이 될 것이다."

흑영신교에게는 시간이 없다. 그들은 먼 미래를 걱정할 필요가 없다.

대업의 그날은 가깝다. 그리고 그날이 지나고 나면 더 이상 누구도 미래를 걱정하지 않을 것이다.

문득 교주가 시선을 먼 곳으로 던졌다. 마치 어둠 저편에 자신이 보고자 하는 풍경이 있기라도 한 것처럼.

"끝이 다가오고 있다. 모든 것을 결정짓는 한순간이……."

"두려우신 것이오?"

"두 가지 상반된 감정이 내 안에 있다."

어서 그날이 다가와 결말이 나기를 바라는 마음이 있다.

동시에 언제까지고 그날이 오지 않기를 바라는 마음도 있다.

"우리는 이룰 것이다. 모든 욕망이 영원히 패배하는 세계를."

더없이 상냥하고 따스한 어둠이 세상을 지배할 것이다.

그 세계 속에서는 누구도 생김새의 아름답고 추함 때문에 고통받지 않을 것이다. 누구도 타인의 욕망에 짓밟혀 비명 지르지 않을 것이다.

만마박사가 물었다.

"그날이 오면, 어쩌실 생각이오?"

그리고 빛이 사라진 세계에는 문이 열릴 것이다. 평온 속에 살고, 두려움 없이 죽은 자를 흑암정토로 인도하는 문이.

구세를 완성하는 것으로 교주의 역할은 끝난다. 더 이상 인간으로서의 그는 필요 없다. 인간으로서의 그는 흑암정토에 들어 영원한 평온을 누리고 신의 의지만이 세상에 있을 것이다.

답이 정해진 질문이었다.

"…모르겠군."

그런데도 교주는 정해진 답을 이야기하지 않았다.

"과연 내게 그것이 허락되는 일일까?"

교주는 오히려 질문을 던졌다.

순간 만마박사의 내면에서 수많은 말이 떠올랐다. 하지만 노인은 신의 화신인 교주에게, 태어나는 순간부터 그 역할로 살아온 청년에게 아무 말도 해줄 수가 없었다.

아무 말도.

4

6월 중순이 되자 별의 수호자 총단에는 한 가지 일이 화젯거리로 떠올랐다.

풍령국 본단 책임자로 취임한 지성 위지혁이 총단으로 돌아왔다.

그가 돌아온 이유는 공무 때문이 아니었다. 공무는 핑계고 실은 개인적인 문제가 진짜 이유라고 알려졌다.

"자네와 함께 일하게 될 줄은 몰랐군."

성도의 탑에서 만난 지성 위지혁의 말에 형운이 씩 웃었다.

"저도 그렇습니다."

"요즘 활약이 대단하다는 이야기는 들었네. 엄청나게 바쁘다고 들었는데 어떻게 시간이 났나 보군."

"당장 바쁘던 일들이 좀 해결되어서요."

황실에는 파견 경호대주 손두언을 책임자로 해서 2차 물량과 인재들을 보냈다.

황실에서 선별한 30명의 무인이 일월성단급 비약을 복용하는 과정도 차근차근 잘 진행 중이었다.

가연국과의 약재 거래도 협상이 끝났고, 그들을 접대하면서 무공을 교류하는 일도 순조롭게 진행 중이다.

야만의 땅에 연구단을 파견하는 일도 해결했고, 해룡성 수군의 협력으로 해룡성 해역의 생태 조사와 약재 채집을 진행하는 건도 아예 그 일을 담당하는 상단을 해룡성 지부에 창단하는 것으로 해결을 보았다.

척마대와 용무문의 합동 작전은 척마대주 백건익에게 권한을 위임하는 것으로 처리했다.

이쯤 되자 형운도 조금 여유가 났다. 물론 그것도 잠깐이고 곧 다시 진행 상황을 관리 감독 하는 업무에 시달리겠지만.

'아, 권력도 좋지만 일에 파묻혀서 질식해 죽겠다.'

특무대주는 그런 자리였다. 형운도 일을 너무 많이 따 온 것을 후회하고 있을 정도로.

하지만 어느 것 하나 무시할 수 없는 일인 데다가, 이 시기를 놓치면 이익을 도모할 수 없는 일이기도 해서 어쩔 수가 없었다.

"손 대주는 안됐군. 사실상 차기 수성으로 확정된 분위기였는데……."

"그렇게 따지면 예전의 저도 그랬었죠."

형운은 그 건에 대해서 손두언에게 미안한 감정을 갖지 않았다. 정상의 자리는 한정되어 있고, 그곳을 목표로 하는 이상 최선을 다해 경쟁할 뿐이다.

형운이 말을 이었다.

"풍령국 쪽은 어떻습니까?"

"척마대 창설을 논의하고 있는 중일세. 그렇게 되면 아마 총단의 부대주들을 좀 파견해 달라고 부탁할 생각인데……."

위지혁이 형운의 눈치를 보았다. 형운이 지금도 여전히 척마대에 강력한 영향력을 지니고 있음을 알기 때문이었다.

위진국 본단처럼 그냥 자체 인력으로 척마대를 칭하는 것도 가능하긴 할 것이다.

하지만 위지혁은 굳이 풍령국 본단을 총단에서 독립시킬 생각도 없고, 무엇보다 그런 식으로 조직을 만드는 것은 너무 비효율적이었다. 척마대의 경력자들을 빌려 와서 경험을 공유하고, 같은 성향으로 만들어가는 것이 효과적이다.

형운이 시큰둥하게 말했다.

"다들 안 가려고 할 것 같습니다만."

총단에서 근무하다가 풍령국 본단으로 가는 것은 다들 좌천으로 여길 것이다.

위지혁이 쓴웃음을 지었다.

"나도 그렇게 생각하네. 그게 참 어려운 부분이지."

"그쪽의 대주 자리를 준다면 부대주급을 움직일 수는 있을 겁니다."

"그건 아무래도 무리일세. 대주마저 파견자에게 주면 풍령국 본단의 반발이 거셀 거야. 현실적으로는 보상을 제시하고 기간이 정해진 파견을 요청하는 정도가 한계겠지."

위지혁에게는 그것조차도 꽤 어려운 일이 될 것이다. 척마 대주 백건익은 쓸 만한 인재를 주지 않으려고 할 테니까.

사실 이 문제는 형운이 말 몇 마디만 해줘도 굉장히 수월하게 진행될 수 있었다. 하지만 형운은 그럴 마음이 없었다.

'협상으로 이득을 챙길 수야 있겠지만… 그러기에는 내가 너무 일이 많아!'

도저히 더 일을 벌일 엄두가 나지 않는다.

그런 기색이 노골적이었기에 위지혁은 마음속에 떠올렸던 거래를 포기해야 했다.

'생각난 거야 있지만, 그건 또 저쪽에서 내부적으로 골치 아플 문제고.'

형운은 척마대 운벽성 지부장이 된 양우전을 보좌하고 있는 호용아 부대주를 떠올렸다.

그녀는 다년간 척마대 부대주 업무를 훌륭하게 수행한 실력자다. 그리고 정치적으로도 운 장로 일파인 데다가 풍령국 출신자이기까지 하다.

하지만 그녀를 풍령국 본단으로 데려가 버린다면 그건 운 장로 일파가 위지혁을 위해준답시고 양우전의 뒤통수를 치는

격이리라.

위지혁이 화제를 돌렸다.

"만검호의 소식은 들었나?"

"들었습니다. 풍령국에서는 이미 일존구객으로 불리고 있다더군요."

설산검후 이자령이 사망하고, 천유하가 일존구객의 일원으로 불리게 되면서 천하를 대표하는 협객 열 명의 이름에는 두 자리가 비어 있었다. 그리고 이제 그중 한 자리가 만검호 봉연후에 의해 채워지려고 하는 중이다.

정체불명의 기환술사, 백면술사 해준과 함께 풍령국 각지를 떠돌며 협행을 계속해 온 그의 명성이 하늘을 찌르고 있었다. 특히 형운에게 죽은 사혈검마와 흑살귀를 제외한 남은 사겁명의 둘이 그의 손에 죽으면서 풍령국에서는 경쟁자를 찾을 수 없게 되었다.

"지금은 윤극성에서도 그의 행보를 적극 지원하고 있지. 윤극성도 어느 정도 내부 정비가 끝났는지 풍령국 황실의 윤허를 받고 금룡상단과 합작으로 위령성의 치안을 확보하는 데 협력하고 있는 중일세."

풍령국 본단이 척마대를 개설하려고 하는 것은 이 흐름에서 뒤처져서는 안 된다는 판단이 섰기 때문이다. 윤극성뿐이라면 모를까 금룡상단도 돈과 물자, 무인까지 지원하고 나섰는데 별의 수호자만 아무것도 하지 않을 수 없는 것이다.

"보람 있는 일이군요. 그쪽 분위기가 괜찮을 것 같습니다."

"새로 추진할 일거리가 있다는 것은 좋은 일이지."

위지혁이 긍정했다.

은퇴한 전임 수성 윤호현의 뒤를 이어 풍령국 본단 총책임자로 취임한 그의 입장에서는 호재였다. 새로 취임한 입장에서는 뭔가 하긴 해야 하는데, 그렇다고 잘 굴러가던 기존 구조를 갈아엎는 식으로 일을 추진하면 반발 사기 딱 좋기 때문이다.

그런 의미에서 척마대 창설은 위지혁에게도, 그를 우두머리로 모시게 된 풍령국 본단 사람들에게도 좋은 일이었다.

5

"모두 모인 것 같군."

풍성 초후적이 말했다.

지성 위지혁이 총단에 온 이유는 바로 초후적의 도우미를 하기 위해서였다.

도우미는 그만이 아니었다.

'수가 정말 많군. 기공사만 73명. 기환술사도 31명.'

이것만으로도 대단한데 그 외의 무인도 100명 가까이 참가했다. 무인들은 거의 다 성운검대원들이거나 운 장로파 무인들이었다.

형운이 아는 얼굴들도 있었다. 예전, 괴령 사건 때 형운과 함께 일했었고 2년 전 신년 비무회에서 우승하여 성운검대의 부단주가 된 양미준.

그리고 양미준의 숙부이며 성운검대주인 양준열까지.

'심상경의 고수만 네 명에 보좌하는 도우미가 이 정도라니. 단 한 사람의 비약 복용을 위해 이만한 인원이 모일 줄이야. 운 장로님이 작정하고 준비하셨어.'

형운, 마곡정, 위지혁, 그리고 양준열까지 심상경의 고수만 네 명이었다.

양준열은 성운검대주로 취임할 당시에는 아직 심상경에 오르지 못했다. 하지만 그 후로 5년이 지나는 동안 은퇴한 선대 성운검대주 고동준의 지도를 받으며 심상경에 오르는 데 성공한 상태였다.

─사부님이 정말 만전을 기하고 싶으셨나 보군. 거래까지 해가면서 너까지 부르실 줄이야.

분위기상 마곡정이 전음으로 말을 걸어왔다.

─나도 놀랐어. 하지만 이 도우미 수가 더 놀랍군. 시설이 수용할 수 있는 한계치를 넘지 않나?

이 자리에 있는 인원이 200명도 넘는다. 아무리 성도의 탑의 시설이라도 이만한 인원이 한 번에 도우미로 참가하는 건 무리였다.

마곡정이 말했다.

─운 장로님 말씀으로는 예전, 구(舊) 천공단 복용 때를 참고하셨다던데.

천공지체 연구에 사용된 천공단은 성존이 연구해 보라고 만들어준 개량판이다.

귀혁이 구(舊) 천공단 복용 실험을 했을 때는 황실에 도움을 요청하여 운룡족 두 명과 황실 소속 무인 100명, 그리고 별의 수호자 기공사 도우미 50명이 참가했다. 그리고 그 실험에 참가한 황실 소속 무인 100명은 전원 확연한 내공 상승을 이룬 바 있었다.

백운단 역시 백운지신을 발표하는 시점에서 성존에게 성과를 보고하자 그가 개량판을 만들어주었다. 이번에 초후적이 복용하는 것도 그 개량판이다.

─백운지신 연구 때 축적한 자료가 있긴 하지만, 그래도 한 번에 복용하는 것은 전례가 없는 일이라 만전을 기하고 싶으신 모양이야. 100명씩 교대로 투입한대.

─그렇군. 하긴 작업이 길어지면 우리 말고 다른 인원들은 버겁겠지.

일월성단처럼 반응이 격렬할 경우 사나흘 이상이 걸릴 수도 있었다.

'하지만 과연 그렇게 될까?'

형운은 내심 자신이 참가하는 한 그럴 일이 없을 것이라고 추측하고 있었다.

'그리고 곡정이도 있고.'

마곡정은 인간의 모습을 한 대영수라고 할 수 있는 존재다.

기심의 수는 지금도 일곱 개였지만, 그게 다른 7심 내공의 무인들과 동급이라는 의미는 아니다. 인간보다 훨씬 기를 담는 그릇이 크기 때문이다. 게다가 무극지경의 영능까지 가졌기에 기에 대한 통제력이 대단히 뛰어나다.

'천공단 때처럼 되면 곤란하지만 이제는 그렇게 안 될 자신도 있고.'

만약 이 예상조차 뛰어넘는 사태가 벌어진다면……

'…설마 성존께서 외면하진 않으시겠지.'

별로 그러고 싶진 않았지만 이럴 때는 성존을 의지할 수밖에 없다.

준비를 마친 초후적이 다가와서 말했다.

"잘 부탁한다."

"예."

"설명은 들었겠지. 성도의 탑에 신설된 백운지신용 시설을 이용해서 백운단을 복용할 것이다."

예전 구 천공단 복용 실험 때는 그것을 통제할 설비 자체가 없었다. 그래서 운룡족의 도움이 아니고서는 천공단의 기운을 뽑아내서 서서히 복용한다는 발상을 실현할 수가 없었던 것이다.

하지만 지금은 상황이 다르다. 백운지신 연구를 위해서 성도의 탑에도 백운단을 보관했다가 그 기운을 나눠서 백운지신에게 보내는 시설이 자리 잡았기에 운룡족의 도움은 필요 없었다.

"그럼 시작하지."

초후적이 기환진이 작동하기 시작한 시설 중심부에 가부좌를 틀고 앉아서 외기(外氣)를 받아들일 준비를 시작했다.

형운, 마곡정, 위지혁, 양준열이 그와 가장 가까운 곳에 섰다. 그리고 다른 도우미들 배치가 끝나자 초후적의 머리 위에서 새하얀 구름처럼 보이는 기운이 유입되면서 시설이 진동하기 시작했다.

우우우우우우······!

그 기운을 접하는 순간, 형운의 의식이 고차원적인 영역으로 도약했다.

6

형운은 무한히 펼쳐진 운해(雲海) 속을 부유하고 있었다.

현실에는 있을 수 없는 광경이다. 형운은 형상이 있으면서도 무한히 자유롭고 끝없이 거대하게 변화하는 구름의 집합체를 홀린 듯이 바라보았다.

때로 그것은 거대한 용이었다. 때로 그것은 거대한 궁전이었다. 때로 그것은 안락한 둥지였다. 때로 그것은……

때로는 고요해 보이고, 때로는 성난 짐승처럼 격해 보인다.

그 형상에 정지함은 없다. 느리든 빠르든 결코 멈추지 않고 변화한다.

그 변화에 한계는 없다. 물방울 하나만큼 작아질 수도 있으며 세상만큼이나 커질 수도 있었다.

'이것이 백운단.'

형운은 그 무한한 변화에 매료되었다.

그것은 구속되지 않는다. 무한히 자유롭고 무엇이든 될 수 있다.

형운은 자신의 일부가 거기에 녹아들어 가는 것을 보았다.

그리고 다시 그것의 일부가 자신에게 녹아들어 가는 것을 보았다.

'알겠어.'

형운은 자신이 이미 백운단으로부터 가져올 수 있는 모든 특성을 가졌음을 깨달았다.

예상대로였다.

일월성신은 동시에 천공지체도 될 수 있다. 하지만 백운지신이 될 수는 없다.

천공지체와 달리 백운지신은 진기의 특성을 백운단의 그것으로 바꿨을 때 비로소 완성되기 때문이다. 한없이 순질에 가까운 기운을 자랑하는 일월성단은 백운단의 힘을 포용하여 백운지신의 능력 중 일부를 가져올 수 있지만 백운지신 자체가 될 수는 없었다.

'엄청나군. 하지만 나라면 이 힘을 전부 내 것으로 할 수도 있다.'

왜냐하면 형운의 그릇에는 사실상 한계가 없기 때문이다. 일월성신과 천공지체의 힘을 한 몸에 가진 형운이라면 백운단을 통째로 담아낼 수도 있었다.

'하지만 그래서는 안 되지. 그럴 이유도 없고.'

지금 이 자리는 초후적을 위한 자리니까. 형운은 도우미로서 최선을 다할 생각이었다.

하지만 백운지신의 본질을 접한 것만으로도 형운은 자신이 갖고 있었지만 개발하지 못했던 또 다른 가능성들을 깨달았다. 아마도 천두산에서 운룡기를 담아냈던 경험 또한 이 순간에 도움이 되었으리라.

'운 장로님, 죄송하지만……'

꽤 긴 시간 동안 백운단의 심상에 접촉하고 있었던 기분이 들었다.

하지만 형운은 그것이 그야말로 찰나임을 확신하고 있었다. 그래서 다시금 의식을 현실로 되돌리며 말했다.

'준비하신 것은 다 쓸데없었습니다. 제가 이 자리에 있는 것은 오로지 한 사람을 위한 것이니, 다른 노림수는 폐기 처분 해드리지요.'

후우우우우우!

놀라운 일이 벌어지기 시작했다.

"아니?!"

진행 상황을 지켜보던 연단술사들이 경악했다.

처음 시작은 예상대로였다.

전용 시설에 보관되고 있던 백운단의 기운을 나눠서 초후적에게 보내기 시작했고 그 압력은 막대한 수준이었다.

당연히 초후적의 내면에서 어마어마한 반동이 일어났고 가장 가까이 있는 네 명의 심상경 고수들이 1차적으로 그것을 받아내었다. 그들이 받아내지 못한 반동은 그 바깥쪽에 배치된 운 장로파 무인들이 받아내면서 스스로의 내공 향상을 꾀하는 것이다.

그런데 얼마 지나지도 않아서 상황이 급변했다.

초후적에게서 일어나는 반동이 급속도로 약해진다.

"어떻게 된 거지?"

술렁이는 분위기에 운 장로가 물었다. 그러자 상황을 총괄하는 중년의 연단술사가 땀을 뻘뻘 흘리며 대답했다.

"트, 특무대주입니다!"

"특무대주가 뭘 했는가?"

"풍성께서 백운단을 받아들일 때 반동으로 튀어나오는 기운 대부분이 특무대주에게 빨려 들어가고 있습니다! 시설로 흡수되는 것조차 거의 없습니다!"

"뭐라고?"

설명을 들은 운 장로도 경악했다.

시설의 기능을 이용해서 나눠서 보내고는 있다지만 백운단의 기운 총량은 일월성단과는 비교가 안 된다. 아무리 심상경의 고수 네 명이 도우미로 붙었다고 해도 끊임없는 반동과 그로 인해 흘러나오는 기운을 다 받아낼 수 있을 리가 없고, 결국 시설과 다른 도우미들이 그것을 받아내는 역할을 하게 되는 것이다.

그런데 시설의 기능에 더해서 백 명이 달라붙어서 해내야 하는 역할을 형운이 혼자 해내고 있다.

"설마 천공지체의 능력을 쓰고 있는 건가?"

만약 그렇다면 형운은 최악의 방해 행위를 하고 있는 것이다. 초후적이 흡수해야 할 기운까지 갈취해 갈 테니까.

"아닙니다. 적어도 외부에는 흡인 현상이 일어나지 않고 있습니다."

"그럼 대체……."

"게다가 그것만이 아닙니다."

"뭐가 말인가?"

"이건… 기의 운화 같습니다."

"음?"

"기의 운화로 자신과 풍성 사이에서 기운을 순환시키고 있습니다. 받아낸 기운을 다시 풍성께 돌려주고, 풍성께서도 어느 순간부터 특무대주에게 강하게 기운을 보내면서 손실이 거의 없는 순환 구조가 형성되고 있는 겁니다……!"

이론을 초월하는 상황 앞에서 총괄자의 목소리가 덜덜 떨리고 있었다.

그 의미를 이해한 운 장로도 아연해졌다.

'형운.'

초후적은 이론상으로 예측한 것보다 훨씬 뛰어난 효과를 적용받는다는 뜻이다.

'저 아이는 대체… 무엇이 된 거지?'

지금까지 연구를 통해서 일월성신에 대해서는 알 만큼 알았다고 생각했다. 그런 바탕이 있었기에 천공지체와 백운지신을 완성할 수 있었지 않은가?

하지만 지금 이 순간, 운 장로는 자신들이 쌓아 올린 이론을 초월하는 존재 앞에서 전율할 수밖에 없었다.

7

초후적은 경악하고 있었다.

백운단을 복용하는 것은 그에게도 모험이었다. 구 천공단 복용 때보다 훨씬 좋은 조건이 갖춰졌다지만 과연 자신이 받아낼 수 있을지 확신할 수 없다.

하지만 해내야만 했다. 백운단처럼 일월성단의 규격조차 초월한 비약만이 그가 생각한 9심의 벽을 넘는 방법이었으니까.

본래 비약의 복용 과정이란 복용자의 몸속에서 발생하는 반동을 도우미들이 빌려준 힘으로 최소화하는 과정이다.

즉, 그 진행 방향은 일방통행이다. 비약의 힘이 복용자를 거치고, 반동으로 흩어진 기운이 도우미들에게로 퍼져 나가면서 손실되는 것이다.

그런데 형운은 이 상식을 깨부수고 있었다.

초후적의 몸에서 일어나는 반동으로 퍼져 나가는 기운 대부분을 형운이 흡수한다. 그리고 초후적 내면의 반동이 약해질 때마다 그 기운 일부를 기의 운화로 돌려주는 것이 아닌가?

이것은 지금까지 구축된 이론상으로는 불가능한 일이다.

왜냐하면 일단 도우미의 몸에 들어간 비약의 기운은 개인의 기맥을 타고 흐르면서 순수성을 잃기 때문이다. 비약 복용 중에 이런 기운을 되돌려 줘봤자 방해가 될 뿐이다.

'이 아이는 이런 일조차 가능하단 말인가?'

하지만 형운이 기의 운화로 돌려주는 기운은 순수한 백운단의 기운 그 자체였다.

천공기심의 힘이다.

굳이 천공흡인을 전개하지 않고도 자신의 몸으로 들어오는 기운은 곧바로 천공기심으로 저장해 버릴 수 있다.

그리고 천공기심을 통해 비축해 둔 기운은, 기의 운화를 쓰면 굳이 자신의 몸을 거치지 않고도 외부로 전개하는 게 가능해졌다.

형운이 이 능력을 조합함으로써 초후적은 이론상으로 예상한 최대치를 월등히 뛰어넘는 효과를 보고 있었다.

'할 수 있다.'

형운이 하는 일을 이해한 초후적은 어느 순간부터 반동으로 튀어 나가는 기운을 최대한 형운에게 집중시켰다. 이러면 형운에게 걸리는 반동이 어마어마해야 하는데, 이상하게도 형운에게 접촉하는 순간 마치 사라져 버리는 것처럼 아무런 부담이 없는 것 같았다.

그 결과…….

'어째서 이렇게 반동이 미미하지?'

형운, 마곡정, 위지혁, 양준열을 제외한 다른 도우미들은 정말 극미한 압력만을 느끼고 있었다.

그들은 며칠 밤낮으로 최대한의 압력과 싸울 각오를, 그러면서 내공을 성장시킬 기대를 하고 왔다. 그런데 두 시진(4시간)이 넘도록 시련도 성과도 없는 상황이었다.

―야, 형운. 너 진짜 너무한 거 아니냐?

생각 외로 여유가 넘치는 상황이 되자 마곡정이 형운에게 전음으로 투덜거렸다.

―글쎄다. 난 도우미로서 정말 최선을 다하고 있다만?

―성질 더러운 놈 같으니. 저 많은 사람을 다 닭 쫓던 개로 만들려고?

―이거, 네 스승님을 위한 자리 아니냐? 네 스승님을 위한 최선을 추구해야지 다른 사람들한테 떨어지는 떡고물을 왜 걱정해?

―…….

정말 뻔뻔해서 한 대 때려주고 싶은 말인데, 또 형운이 하는 짓을 보면 반박의 여지가 없는지라 뭐라고 할 수가 없었다.

―말 시키지 마라. 집중력 흐트러진다.

―아, 이런 상황만 아니었어도 진짜 한 대 때려주는 건데.

―내가 맞아주겠냐?

그렇게 형운과 마곡정이 전음으로 티격태격하고 있을 때였다.

후우우우우우!

초후적에게 흘러들어 가는 백운단의 기운이 한층 강해졌다. 상황이 예상보다 훨씬 수월하게 흘러가자 초후적이 연단술사들에게 자신에게 보내는 백운단의 기운을 늘릴 것을 주문했기 때문이다.

운 장로는 이 정도로 압력이 높아지면 형운이라도 별수 없을 것이라고 생각했지만······.

'순식간에 수습해 버리다니.'

형운이 뒤쪽으로 기운을 흘러보낸 것은 아주 잠깐이었다. 순식간에 순환 구조를 회복해 버렸다.

더 이상 아무것도 할 수 있는 일이 없었다. 초후적을 돕는 김에 극적인 이익을 안겨주기 위해 모은 인원들이 전부 닭 쫓던 개가 되어버렸다.

하지만 그 대가로 초후적은 이론상으로 상정한 최대치를 상회하는 성과를 얻게 되었기 때문에, 형운을 원망할 명분이 아무것도 없었다.

"허허허······."

운 장로는 손쓸 도리조차 없는 패배감에 헛웃음을 흘리고 말았다.

그리고…….

8

형운은 성존과 마주하고 있었다.

풍성 초후적의 백운단 복용이 끝난 직후에 형운은 성존의 부름을 들었다. 형운은 그가 직접 시선을 향하는 것이 아닌 다른 방법을 통해서 모든 일을 보고 있었음을 알았다.

'역시 성도의 탑에서 일어나는 일은 전부 알 수 있는 거겠지. 아마도 성도의 탑의 시설로 관측하고 측정한 모든 것을.'

성도의 탑은 인간의 힘만으로 건축된 것이 아니다. 그 자체로 신화시대의 힘이 비장된 위대한 유산이었다. 그렇기에 햇빛과 달빛과 별빛을 모아 정제하고, 안정화 작업을 거치지 않은 일월성단을 그 안에 보관할 수 있는 것이다.

진조족에게서 팔찌를 받음으로써 형운은 성존이 정신을 침범하려고 하는 시도를 방어할 수 있게 되었다. 예전에는 항거할 수 없었던 권능에 항거할 수 있게 되면서부터 성존을 보는 시각이 조금씩 달라지게 되었다.

아마 장로들은 형운보다 훨씬 앞서서 이런 시각을 갖게 되었을 것이다.

그들에게 있어서 성도의 탑에서 연구하고 실험하는 모든

과정은, 어쩌면 성존에게 받은 것을 돌려주는 과정이었는지도 모른다.

'어쩌면 운 장로님이 백운지신 연구를 운벽성에서 진행한 것은 일종의 실험이었을지도 모르겠어.'

강연진과 오연서가 천공지체를 완성했을 때, 그들은 성몽을 통해 성존을 만났다.

하지만 과연 양우전도 그랬을까?

백운지신인 그 역시 성존을 만나긴 만났을 것이다. 하지만 그 시점이 언제였을지 형운은 확신할 수 없었고, 이 점에 대해서는 귀혁과 이 장로도 마찬가지였다.

과연 성존의 인식은 성도의 탑을 중심으로 일정 범위에만 미치는가, 아니면 자신의 피조물이 있는 모든 곳에 미치는가?

이 문제는 백운지신 연구진만이 답해줄 수 있는 문제였다. 그리고 그들이 형운에게 그 사실을 말해줄 리가 없었다.

그래서 형운은 차라리 이 기회를 활용하기로 했다.

하지만 그보다 먼저 성존이 대뜸 물었다.

"혼몽단도 한번 볼 테냐?"

뜬금없는 질문에 형운이 눈살을 찌푸리며 되물었다.

"제가 역사상 가장 성존님의 숙원에 가까운 그릇 아니었습니까?"

"그렇지."

"그런 그릇을 날려 버릴 수도 있는 도박에 내던지고 싶으십니까?"

형운은 혼몽단이 무엇인지 알고 있었다. 그야말로 통제되지 않는 혼돈 그 자체로, 인간이 그것을 접하게 되면 통제되지 않는 심상이 현실과 뒤섞여서 끔찍한 참상을 빚어낸다고 하는 재앙이다.

별의 수호자는 장구한 역사 속에서 혼몽단을 연구한 적이 있었다. 그리고 그 연구는 언제나 크고 작은 재난으로 끝을 맺고 성존에 의해 수습되었다.

"하긴 너무 위험하지. 그래도 너라면 혹시나 싶은데… 호기심을 채우려다 집을 태워먹을 수는 없는 노릇이지. 애당초 그건 증명하려고 만든 것이지 뭔가를 이롭게 하려고 만든 건 아니니까."

선선히 납득하는 성존을 보며 형운은 생각했다.

'지금의 나라면 할 수 있지 않을까?'

과거 귀혁이 성존에게 도전했을 때, 그는 성혼좌 안의 작은 세계를 파괴하고 성존을 인간의 영역으로 끌어내리고자 했다.

그 시도는 실패로 돌아갔고, 귀혁은 그 방법 자체를 실패한 것으로 취급했다.

하지만 일월성신이며 천공지체인 형운이라면 어떨까?

여기서 모든 것을 끝내는 것도⋯ 불가능하지만은 않은 일 아닐까?

불현듯 성존의 눈이 기묘한 빛을 발했다. 그가 천진하게 웃으며 말했다.

"이 작은 세상은 탐욕스럽지."

뜬금없는 말이었다. 하지만 형운은 그의 시선에 담긴 감정만으로도 그 속에 담긴 뜻을 이해할 것 같았다.

"삼라만상은 인간이 물질이라 인식하는 존재만을 가리키는 말이 아니다. 그야말로 모든 것이지. 따라서 이 세계의 탐욕은 인간의 상념조차도 대상으로 한다."

"⋯⋯."

성존은 형운의 내면을 읽어내고자 하지 않았다. 하지만 형운이 모르는 성혼좌의 특성을 통해 생각을 읽어내었다.

예전에 광세천이 형운과 마지막 대화를 나눌 때 그랬던 것처럼, 탐욕스러운 작은 세계의 인력에 이끌려 흘러나온 의념을 읽어낸 것이다.

'방심했다.'

형운은 자신이 성존과 마주하는 것에 익숙해진 나머지 안이해졌다는 사실을 깨달았다. 식은땀을 흘리는 형운에게 성존이 요사스럽게 웃으며 물었다.

"어디 한번 시도해 보겠느냐?"

그렇게 묻는 성존의 시선에는 적의나 분노는 조금도 없었다. 그저 순수한 호기심과 기대감만이 자신을 향하고 있다는 사실에 형운은 전율하고 말았다.

제187장
혼몽(混夢)

성운을
먹는자

1

바람 한 점 없는데도 성존의 은발이 하늘거린다. 그의 주변
에는 불규칙하게 배치된 무수한 문자들이 떠다니면서 그에게
빨려 들어갔다 나왔다를 반복하고 있었다.

그 문자들은 언뜻 보면 지금 인간들이 쓰는 문자처럼 보였
다. 하지만 자세히 보면 아니었다. 어디에도 없으며 형상이
고정되지도 않고 신기루처럼 변화하는 문자였다.

그것은 신성한 힘이 깃든 문자다. 그 안에 담긴 것은 수백
만 글자로도 담을 수 없는 막대한 정보였다. 때로는 인간이
쓴 문장을, 때로는 인간이 그린 그림을, 때로는 세상에서 일

어난 일을 고스란히 기록한 영상을, 때로는 언어화되지 않고 그저 감각으로 느낀 것 그대로를······.

그렇다.

그것은 기억이었다.

성존이 지닌 기억은 너무나도 방대하다. 그는 한 인간의 머리로는 도저히 담아둘 수 없는 막대한 기억을 갖고 있었다. 지금 이 순간에도 성존이라는 존재를 구성하는 기억이 빠져나가고, 저장되었던 기억이 그 빈자리를 채우면서 그라는 존재를 실시간으로 변화시킨다.

그 변화는 인간과 달리 시간의 흐름에 구애받지 않았다. 때로 그는 과거로 거슬러 올라가는 존재였고, 때로는 과거에서 보다 현재에 가까운 과거로 돌아오는 존재였다. 그의 머릿속에 들어 있는 정보는 더 먼 과거와 가까운 과거를 넘나들며 현재를 재구성했다.

지금 이 순간, 성존은 형운을 보면서 동시에 과거의 한순간을 겹쳐 보고 있었다.

귀혁이 자신에게 도전하던 순간을.

"귀혁은 정말 대단한 인간이지. 하지만 선대부터 연구되었던 그 방법은 실패했어. 과연 네가 그 방법으로 내 숙원을 파괴할 수 있을까?"

1300년 동안이나 추구해 온 숙원이다. 그 숙원이 좌절될

가능성을 이야기하면서도 성존은 거리낌이 없었다.

그래서 형운은 자기도 모르게 묻고 말았다.

"만약 제가 성공한다면 어쩌시려고 그러십니까?"

"그렇다면 네가 감당할 수 있는지를 보게 되겠지."

"무엇을 말입니까?"

"이 작은 세계의 종국과 함께 시작되는 신창세(新創世)를."

순간 말문이 막혀 버린 형운 앞에서 성존이 손가락을 들어 하늘을 가리켰다.

그러자 성혼좌의 풍경이 일변했다.

우우우우우우······!

공간이 진동하며 하늘이 변화한다.

짙은 운무가 사라지고 그 너머로 펼쳐진 광활한 푸른 하늘과 그 속에서 끝없는 거대함으로 춤추는 구름의 바다가 보였다.

그곳은 실로 기묘한 세계였다.

오로지 땅에 떨어진 별과 끝을 알 수 없는 창공만이 존재하는 세계는 보는 것만으로도 이해할 수 없는 공포를 불러일으켰다.

"영원히 채워지지 않는 공허, 그리고 그 무엇으로도 변화할 수 있는 백운, 그리고······."

성존이 중얼거리며 천공의 중심을 가리켰다.

"혼돈 속에서 태어난 해와 달."

어느 순간 형운은 세계가 둘로 나뉜 것을 보았다.

한쪽은 햇살이 비추는 푸른 하늘이었다.

한쪽은 어둠과 별빛만이 존재하는 어둠이었다.

'천외천?'

그것은 몇 번이고 보았던 천외천의 풍경을 닮았다. 하지만 같지는 않았다.

언뜻 보면 밤과 낮처럼 보이는 그 광경은 실은 밤도 낮도 아니었다. 양기(陽氣)와 음기(陰氣), 어느 쪽이 주도권을 쥐느냐에 따라서 달리 보일 뿐이다.

별은 양쪽 어디에나 있었다.

그저 푸른 하늘에서는 그 빛이 묻혀서 잘 보이지 않을 뿐이다. 양쪽의 별들을 자세히 관찰한 형운은 한 가지 사실을 깨달았다.

'이건 별이 아니야.'

별처럼 보이지만 무수히 많은 기운의 집합체다. 마치 인간처럼 무수한 성질의 기운이 한곳에 모여 무한한 가능성을 내포하고 있었으며…….

'혼돈.'

태어나는 순간까지 미래를 알 수 없게 만드는 혼돈의 힘이 그 기운들을 뒤섞고 있었다.

"으윽……."

형운이 신음했다.

일월성신의 눈에 보이는 세계가 한없이 확장되어 간다. 그 정보량이 많아서 머리가 터질 것만 같다.

'아, 안 돼.'

형운은 그 무엇으로도 채워질 수 있는 공허를 보았다. 그 공허 속에서 춤추는 무한한 변화의 가능성을 보았다. 그리고 그 변화의 구성품이 될 별들을 보았다.

그 모든 것의 이면에 거대한 혼돈이 자리하고 있었다.

쿠구구구구……!

그것은 인간의 인지능력으로는 크고 작음을 가늠할 수 없을 정도로 거대한 빛이었다.

그저 바라보는 것만으로도 공간 감각이 무너져 내린다. 그것이 얼마나 거대한지, 얼마만큼 떨어진 곳에 존재하는지 알 수가 없다.

형운은 이미 그것을 본 적이 있었다.

오래전, 세계를 파멸시킬 뻔했던 재앙.

전계의 신늘조차 누려워하는, 삼라만상을 담은 씨앗.

'성운단.'

형운은 비로소 이해했다.

왜 귀혁이 한 번의 시도만으로 그 방법을 실패로 단정 짓고 형운을 통해 재시도하려고 하지 않았는지.

이 작은 세계는 먼 옛날, 진정한 의미에서 세계의 변혁을 시도했던 한 남자의 꿈이 실패하고 남은 흔적이었다. 신들과의 합의를 통해 이곳은 남자의 집이 되었고, 감옥이 되었으며……

"…이곳이 성운단의 봉인이었던 거군요."

성혼좌는 현계 안에 자리한 작은 세계다.

그러나 동시에 그 안에 들어온 자에게 있어서, 그 세계의 크기는 무한하다.

왜냐하면 이 세계는……

'경계가 무너진 세계니까.'

동전의 양면처럼 영원히 만날 수 없는 물질세계와 심상세계, 그 두 세계의 경계가 무너진 혼돈이었으니까.

이런 세계이기에, 또한 실패한 창세의 파편이기에 성운단을 보관할 수 있었다. 현계 어딘가에 보관하려고 시도했다면 그 순간 1300년 전의 일이 반복되었으리라.

"귀혁의 시도는 실패했지. 하지만 그는 그 시도를 통해 이 작은 세계의 본질을 보았다."

성존이 미소 지었다.

형운은 그의 태도를 이해할 수 있었다. 그에게 있어서 형운의 도전은 좌절이 아니다. 언제일지 모르는 언젠가, 자신의 숙원이 이루어질지를 시험하는 그 순간을 앞당길 뿐.

'아, 이 오만함과 안이함이라니.'

형운은 자책감에 입술을 깨물었다.

하마터면 한순간의 치기로 모든 것을 망칠 뻔하지 않았는가. 요즘 하는 일마다 잘되다 보니 정말 오만해져 있었다는 사실을 통감하고 말았다.

'그리고… 역시 사부님이 옳았어.'

쓰라린 감정을 삼킨 형운은 주변을 둘러보며 생각했다.

혼몽단은 인간이 통제할 수 있는 것이 아니다. 왜 성존이 그것을 '증명하기 위해서 만들었다'고 하는지 이해할 수 있었다.

성존이 만들어낸 비약들은 전부 세계를 이루는 본질적인 구성품들을 형상화한 것이다.

천공단은 세계의 틀이 되는 무한한 공허를.

백운단은 그 속을 채우는 무한한 변화의 가능성을.

일월성난은 삼라만상의 구성 요소를.

그리고 혼몽단 또한 혼돈이라는 본질을 형상화하고 있었다.

돌이켜 보면 형운은 이미 혼몽단의 무서움을 체험했다. 바로 성몽이라는 형태로.

자신도 모르는 새 성존의 심상이 현실을 침식하여 진실도 거짓도 아닌 기묘한 세계를 만들어냈다. 당사자들에게는 분명히 존재하지만 현계의 다른 관측자들에게는 존재하지 않았던 그 시공이야말로 혼몽단이 담고 있는 힘의 본질이리라.

'혼몽지체는 불가능해.'

형운은 확신했다.

일월성신, 천공지체, 백운지신은 모두 먼 옛날 별의 수호자에 업적을 남긴 연단술사들의 몽상 같은 가설이 전설로 전해진 것이다. 그럼에도 기나긴 세월 동안 발전해 온 기술이 결국 이 시대에 그것을 현실화하는 데 성공했다.

그러나 혼몽지체는 불가능한 망상이다. 이 힘은 인간이 통제할 수 있는 것이 아니었다.

형운이 말했다.

"알 것 같습니다."

"무엇을?"

"저라면 혼몽단을 취할 수 있을지도 모르죠. 하지만 그건 아무 의미 없는 일일 겁니다."

"왜지?"

"제가 혼몽단을 취하는 과정은 아마 폭주한 유명후의 사례와 똑같을 테니까요."

경계를 무너뜨리는 혼돈의 힘은 마기(魔氣)를 닮았다. 하지만 형운은 마기조차도 녹여 버릴 수 있는, 한없이 원기에 가까운 기운을 지녔다.

혼돈의 힘을 그 자체로 수습하는 것은 불가능하다. 하지만 일월성신의 진기로 녹여 버리는 것은 가능할 것이다.

하지만 그래서야 무슨 의미가 있겠는가?

성존이 고개를 끄덕였다.

"그렇군. 먹여봤자 커다란 똥을 쌀 뿐인가."

"……"

표현이 좀 그렇지만, 틀린 말은 아니었다.

"너는 일월성단과 천공단과 백운단을 다 먹은 유일한 존재지. 그저 먹는 것으로 그치지 않고 그 모든 것을 융합하여 지금의 너를 만들었다. 그런 네가 본 백운단은 어땠지?"

성존의 물음에 형운은 자신이 느낀 바를 숨김없이 대답해 주었다.

일월성신은 천공지체는 될 수 있지만 백운지신은 될 수 없다. 하지만 그 능력을 재현할 수는 있다.

"과연. 천공지체 이상으로 특화되었기 때문인가."

"한 가지 여쭤봐도 되겠습니까?"

"음? 뭘 이제 와서 어려워하고 그러지? 넌 뭐든지 물어봐도 돼. 대답해 줄지 말지는 내가 정하는 거지만."

"……."

"왜?"

"아뇨, 그냥 왠지…….

형운이 헛웃음을 흘렸다. 형운이 통렬한 자기반성을 하거나 말거나 성존의 태도는 변함없었다.

형운에게 인간적인 애정이나 친근함을 가진 것이 아니다. 그저 아주 귀중한 도구를 아끼는 듯한 감각이다.

"성존께서는 왜 성운단을 만드신 겁니까?"

"그거? 모르겠는데?"

"네?"

순간 형운은 황당해하며 눈을 크게 떴다.

"잊어버렸어. 별로 중요한 것도 아니라서 기록도 안 해놨으니 지금에 와서는 알 길이 없지."

"성운단이… 숙원 아니었습니까?"

"숙원이지."

"그런데 그 이유가 중요하지 않단 말입니까?"

"그게 왜 중요하지?"

성존이 고개를 갸웃했다.

"만들 수 있으니 만들었겠지. 그 이상의 이유가 필요한가?"

"하지만 그것 때문에 1300년도 넘게…….

"실패했잖아? 그럼 성공할 때까지 계속해야지. 그게 얼마나 걸리는지 무슨 상관이야?"

"……."

"별의 수호자 애들도 그렇잖아? 성공할 때까지 하지. 자기가 못 하면 자기 후계자를 만들어서라도 계속해서."

자신은 인간이 대를 이어가면서 하는 일을 혼자서 계속하고 있을 뿐이다.

그렇게 말하는 성존을 보며 형운은 오싹한 공포를 느꼈다.

그가 인간의 모습을 하고 있을 뿐, 비인간적인 존재임은 예전부터 느끼고 있었다. 한 번도 그에게서 인간다움을 기대해본 적이 없었으니까.

그런데도 지금 그가 보여주는 모습이 두렵다.

이 순간 형운은 비로소 성존의 광기를 진정으로 이해할 수 있었다.

이미 그에게 인간성은 없다. 그런 것은 오래전에 사라져 버렸다.

'마인과 다르지 않아.'

과거 형운이 격퇴했던 살무귀나 백마가 그러했듯이 마공을 연마한 끝에 인간으로서의 자신을 잃고 숙원만을 추구하는 괴물!

성존은 그가 인간이었던 시절 꾸었던 꿈의 도구다. 이제는 기록조차 남지 않은 한 연단술사가 품었던 숙원의 화신이다.

그렇기에 그는 1300년의 세월이 흘렀어도 한결같을 수 있었다.

성존에게는 숙원을 추구하는 것 외에 다른 삶이 없다.

고독을 잃었다. 그리움도 잃었다. 애정도 잃었다.

세간에는 평생을 다해 숙원을 추구하는 존재들이 있다. 인간이라면 수십 년, 영수라면 수백 년에 걸쳐서 집념을 불사르고는 한다.

하지만 그들은 오직 그것만으로 살지 않는다. 분명 그들의 삶에는 그것 외의 다른 부분들이 있다.

성존은 다르다.

오로지 숙원만이 있다. 1300년의 세월 동안, 그의 삶은 오로지 숙원만으로 가득 차 있었다.

그 의지가 마모되지도, 지치지도 않고 그런 삶을 사는 것은 인간에게도, 영수에게도 불가능하다. 일말의 인간성이라도 지닌 존재라면 절대 그럴 수가 없다.

하지만 성존은 그럴 수 있었다.

'이런 존재에게 세계의 운명이 쥐어져 있다니……'

형운은 그 사실에 더없는 공포를 느꼈다.

어째서 성운을 먹는 자 일맥이 평생을 다해서, 자신의 대에 안 되면 다음 대로 이어가면서 수백 년이 걸리더라도 그를 막아야만 한다고 생각했는가.

이미 모든 것을 다 안다고 생각했지만, 턱없는 오만이었다.

이 순간에서야 형운은 비로소 모든 것을 이해했다.

제188장

뜻밖의 재앙

성운을 먹는 자

1

6월 말, 귀혁과 서하령은 가연국 무인들과의 연구 협력을 끝마쳤다. 가연국 대사 루안이 일정상 별의 수호자 총단을 떠나게 되었기 때문이다.

"언젠가 본국 땅을 밟아주시길 기대하겠소. 아르한 일족은 그대의 방문을 환대할 것이오. 물론 지금은 그대의 일이 바쁘니 무리겠지. 하지만 나는 인간보다는 좀 더 많이 기다릴 수 있는 몸이니 혹시 인생에 가장 바쁘고 격렬한 시기가 지나 새로운 것이 궁금해지는 시기가 되면, 그때라도 본국을 찾아주시오."

더없이 정중하고 기분 좋은 초대였다. 루안은 형운과 귀혁, 서하령에게 그런 초대를 남기고 떠나갔다.

"정말 많이 배웠습니다. 언젠가 본국을 안내할 날이 오기만을 기다리겠소."

"제자에게 물려주고 은퇴할 날이 그리 멀지는 않았으니, 그때가 되면 꼭 들르도록 하지."

귀혁이 빙긋 웃으며 라이간과 악수했다.

그렇게 가연국 사람들과 황실의 무인들이 떠나갔다.

세 사람만 남은 자리에서 형운이 물었다.

"연구는 어떠셨어요?"

"두 가지 중 하나는 완성이 보이고 있다. 내년쯤에나 완성 단계에 접어들 거라고 생각했는데, 영신단이 정말 큰 도움이 되었구나. 확실히 이 눈을 완성하기 위해서는 영적인 영역에 대한 이해가 필요했는데 생각지도 못한 단서를 제공받았다."

귀혁이 자신의 눈을 가리켜 보이며 빙긋 웃었다. 형운은 그것이 무슨 의미인지 알고 있었기에 놀람을 드러냈다.

"이제 완성하신 겁니까?"

"아직은 아니지. 하지만 마무리만 남은 상태다. 완성하고 나면 한번 보여주마."

서하령이 말했다.

"처음에는 영신단 그 자체를 재현하는 데만 신경 썼는데,

연구를 해보니까 응용 가능성도 아주 높아. 특히 술법의 전투적인 활용 면에서는 앞으로 큰 투자를 해서 연구를 할 가치가 있는 것 같아."

"확실히 그렇지."

중원삼국은 무공과 술법이 완전히 개별적인 영역으로 분리되어 있다. 이 경계가 모호한 것은 일부 마공 정도다.

그에 비해 가연국의 영신단은 무공과 술법 양쪽 모두의 기반이다. 원래부터 영적 능력을 지닌 이들이 익히는 것을 전제로 하다 보니 그런 것이다.

무공과 술법을 양립하는 것은 어려운 일이다. 재능의 문제이기도 하고, 그러기 위해 투입해야 하는 시간과 노력과 자원의 문제이기도 하다.

하지만 영신단을 재현하여 영수의 혈통을 이은 자에게 익히게 한다면 그런 문제를 해결할 수 있다.

"그것도 네가 주도하게?"

"생각 중이야. 일이 너무 많아서, 내가 하겠다고 묻어두는 것보다는 다른 쪽에 맡기고 총괄만 하는 게 나을 것 같기도 하고."

서하령은 지금도 공부와 연구와 일의 산에 파묻혀 있었다. 본인이 주도해서 진행하는 연구만 해도 업무가 많다 보니 새로 큰일을 벌이는 것은 너무 부담이 컸다.

하지만 장차 장로가 될 야심을 품은 그녀에게 이 상황은 좋은 기회가 될 수도 있다. 믿을 만한 연구자들에게 연구를 맡기고 진행 상황을 관리 감독함으로써 자신이 주관하는 일의 규모를 키울 수 있으니까.

서하령이 눈을 흘겼다.

"너는 좋겠네? 이제 일도 좀 줄고?"

"좋지. 근데 마냥 좋아하기에는 아직도 일이 너무 많아……."

형운이 한숨을 푹 쉬었다. 장기 휴가 다녀온 지 얼마 되지도 않았는데 또 다 때려치우고 어디론가 훌쩍 떠나 버리고 싶은 충동이 일어나는 요즘이었다.

"특히 요즘은 여기저기서 난리잖아. 덕분에 우리 업무도 좀 더 신중하게 처리하게 되거든. 인력 끌어오기도 힘들어."

"그 암천동맹이라는 놈들 말하는 거야?"

"그렇게 추정되고 있지. 아직 확실하지는 않아. 정보부와 척마대가 신경을 곤두세우고 있더라."

하운국에서는 천두산의 재해가 봉합된 후로 새로운 공포가 역병처럼 퍼져 나가고 있었다.

마인들의 활동이 이상할 정도로 거세졌다. 관군이나 그 지역의 명문 정파에서 나서면 도망가기 바빴던 마인들이 오히려 역습을 가하면서 피바람이 불고 있었다.

그리고 백운지신인 양우전, 천공지체인 강연진과 오연서는 이들에게서 묘하게 공통적인 느낌이 난다는 의견을 냈다.

각기 다른 곳에서 활동하던, 별의 수호자 연구의 최고 성과라고 할 수 있는 세 명이 공통적으로 포착한 느낌을 별의 수호자 정보부는 그냥 지나치지 않았다.

정보부는 황실의 마교 대책반과 공조하여 조사를 진행하는 중이었고, 이 사태의 배후에 암천동맹이라는 조직이 도사리고 있을 가능성을 높이 점치고 있었다.

"이름은 거창하지만 조직력이 대단한 놈들은 아닌 것 같아. 뭔가 거창한 뜻으로 움직이는 조직이 아니라 소규모의 마인 집단일 가능성도 재기되고 있어."

"소규모의 마인 집단이라면 어떤?"

"현재 우리가 접하고 있는 사태 자체가 놈들의 목적이라는 거지."

"실험이라는 거야?"

"정보부는 그럴 가능성이 꽤 높다고 보는 모양이야."

"근거는?"

"몇몇 마인이 암천동맹이라는 이름을 흘리기는 했지만 그걸로 끝이거든. 그리고 놈들의 영향을 받았다고 추정되는 마인들도 그렇게까지 수준이 높진 않았어."

"하지만 숫자가 많았다는 게 문제겠지?"

"그렇지. 만약 연단술을 연구한 마인 집단이 그동안 비축한 비약을 풀어서 실험을 하고 있는 정도라면 찾아서 박멸하면 그만이지. 하지만 만약 마인을 양산할 수 있는 기술이라면?"

"그 정도라면 그건 그 자체로 역병과도 같은 재앙이겠지."

"정보부는 혈살단이 유지되는 것과 비슷한 기술이 아닐까 의심하는 모양이지만… 지금까지 입수한 사체를 분석해 본 결과로는 아직 알아낸 것이 많지는 않다고 하더군."

"흐음……."

서하령은 흥미를 보였다. 한동안 연구에만 매진하느라 소문을 듣고도 무심했지만 한 번쯤 정보부에 찾아가 볼 필요가 있을 것 같다.

어쨌든 그런 이유로 별의 수호자는 상행이나 주요 인물의 호위에 투입하는 무력을 늘리고 있었다. 이로 인해 무인들이 바빠졌고, 각 부서에서는 자기들 일에 무인을 한 명이라도 더 끌고 오기 위해서 바쁘게 움직이는 중이었다.

2

신녀는 성지의 어둠 속에서 미래를 더듬고 있었다.

낙성산 전투 이후 위축되었던 신녀의 예지능력은 천두산

의 의식 이후 다시금 급류를 타고 있었다. 성지에 모인 신기(神氣)가 그녀에게 더 멀리, 더 많은 미래를 볼 수 있도록 허락해 주었다.

하지만 이 힘은 함부로 낭비해서는 안 되는 힘이다. 의미 있는 변수가 생겼을 때라면 모를까, 아무 일도 없는데 굳이 귀중한 신기를 낭비해 가면서 미래를 보아서는 안 될 일이다.

그것을 잘 알면서도 신녀는 거듭 미래를 더듬는다.

몇 번이고 거듭해서 다른 가능성을 모색한다.

그것은 미련이었다.

신녀 스스로도 그 사실을 잘 알면서도 멈출 수가 없었다.

"아……."

온갖 미래가 뒤섞인 혼돈 속에서 탄식하던 신녀는 문득 한 가지 사실을 깨닫고 소스라치게 놀랐다.

누군가 그녀를 보고 있었다.

'누가?'

그녀가 더듬은 무수한 시공의 가능성 속에 있던 누군가였다.

그 얼굴을 알아본 신녀는 겁에 질렸다.

'흉왕!'

분명했다. 귀혁의 시선은 그녀를 향해 있었다.

신녀는 허겁지겁 그를 향한 예지의 눈길을 거두었다. 그러자 그녀를 향하던 귀혁의 시선 역시 사라졌다.

"휴, 흥왕이 어째서? 지금까지는 이런 예지는… 어, 없었는데……."

충격과 공포로 목소리가 덜덜 떨려 나왔다. 신녀는 그 짧은 순간 자신의 몸이 식은땀으로 축축하게 젖어버렸음을 깨달았다.

'알려야 해.'

공포에 사로잡힌 신녀는 비틀거리며 일어났다.

뭔가 치명적인 변수가 발생했다. 그 사실을 모두에게 알려야만 했다.

하지만 이미 일은 벌어진 후였다.

3

귀혁은 광운산맥 너머에 와 있었다.

대륙 서쪽과 하운국 사이를 가로지르는 광운산맥의 규모는 광활하다. 귀혁이 종종 형운을 지도할 때 쓰는 광운산맥 깊숙한 곳도 이곳에서는 수백 리 저편이었다.

여기서 조금만 더 가면 야만의 땅이다. 문명을 쌓아 올리지 못한 인간들이 괴물들의 위세에 눌려 사는 위험천만한 땅.

그곳에서 귀혁은 묘한 감동을 느끼며 주변을 둘러보았다.

"이런 기분이었군. 뜻하지 않게 실전에서 실험해 볼 기회를 선물받았으니 감사해야 할까?"

그렇게 말하는 그의 눈이 기이하게 빛을 머금고 있었다.

왼쪽 눈동자 위로 황금색 빛이 스쳐 간다.

오른쪽 눈동자 위로 은색의 빛이 스쳐 간다.

그것만이 아니었다. 눈을 감으면 머리 안쪽 깊숙한 곳에서 외부를 인지하는 감각이 존재하고 있었다. 흔히 말하는 심안(心眼)이 이런 느낌일까?

하지만 그렇게 감동을 음미하는 그의 주변은 처참했다.

수십 명의 시체가 널려 있었다.

"흉왕……! 어, 어떻게 여기까지……."

귀혁에게서 도망치려다가 양다리가 날아간 흑영신교도가 허우적거리며 말했다. 믿을 수 없다는 태도였다.

"너희의 주의 깊음을 칭찬해 주마. 이런 식으로 내 사각(死角)을 노리고 있었을 줄은 몰랐거든."

광운산맥의 수련장에는 귀혁이 사비를 들여서 기환진을 설치해 두었다. 하지만 외부에서의 관측을 막는 힘은 총단의 결계처럼 강력하지는 않았다.

그래서 귀혁은 그곳을 이용할 때 주의를 기울였다. 형운과 함께가 아닐 때는 단순히 파괴력을 실험하기 위한 용도로만 쓰면서 혹시 모를 염탐을 경계했던 것이다.

오늘에 와서야 귀혁은 자신의 선택이 옳았음을 확인했다.

광운산맥 너머, 야만의 땅에 가까운 위치에 흑영신교의 지부가 똬리를 틀고 있었다. 그리고 그들은 광운산맥 곳곳에 비밀리에 설치한 중계용 기물을 통해서 귀혁의 수련을 엿보았다.

아주 조금이라도 귀혁의 정보를 수집하기 위해서였다. 기대할 수 있는 성과가 극히 미약하다는 것을 생각하면 여기에 투자된 인적, 물적 자원은 광기에 가까운 낭비였지만 그들에게 있어서 귀혁은 그럴 만한 가치가 있는 존재다.

하지만 오늘, 그들은 완전히 허를 찔렸다.

수련장에서 몇 가지 파괴적인 기술을 시험해 본 귀혁은 아무것도 모르는 채 왔던 길을 돌아가는 것 같았다. 흑영신교도들은 그렇게 생각하고 관측을 중단했다.

그런데 얼마 지나지 않아 귀혁이 그들을 급습해 왔던 것이다.

급습부터 몰살까지는 얼마 시간이 흐르지도 않았다. 목적은 어디까지나 귀혁을 비밀리에 관찰하는 것이었기에 여기에는 전투 능력이 강력한 인원이 배치되지 않았던 것이다.

"자, 그럼……."

지부를 몰살시킨 귀혁은 시설을 수색하기 시작했다.

"꼼꼼하게도 기록했군."

귀혁은 이곳의 자료 대부분이 자신에 대해 관측한 바를 기록하고 분석한 것임을 보고는 혀를 찼다. 관측 방식의 한계상 얻을 수 있는 것도 적을 수밖에 없는데도 뭐 하나라도 건져보겠다고 필사적으로 머리를 맞댄 노력의 흔적이 보였다.

콰콰콰콰쾅……!

자료들을 다 확인한 귀혁은 거침없이 시설을 때려 부쉈다. 만약 숨겨진 공간이 있다면 그 과정에서 나타나리라는 계산에서였다.

"정말 이것뿐인가. 시답잖은 놈들."

혀를 차던 귀혁이 능공허도로 허공에 떠올랐다.

그리고 무극의 권으로 폐허를 관통했다.

"어?"

지하 깊숙한 곳에서 얼빠진 소리가 났다.

갑자기 눈앞에 빛이 번쩍하더니 바로 앞에서 같이 작업을 진행하던 동료가 꺼지듯이 사라져 버렸다.

그리고…….

"흉왕?"

흑영신교의 대적이라 불리는 남자가 눈앞에서 웃고 있었다.

쾅!

귀혁은 얼빠진 소리를 낸 마인 술사를 일권에 편하게 해주었다.

"아주 잘 감춰놓았군. 모르고 갈 뻔했어."

귀혁은 50장(약 150미터) 깊이에 위치한 지하 공간을 둘러보며 놀람을 금치 못했다.

허공에 어둠 그 자체로 이루어진 시커먼 구멍이 자리하고 있었다.

'흑영신교의 성지로 통하는 축지문이군.'

귀혁을 관측하기 위해 만든 지부 아래쪽에 인원이 자유자재로 들락거릴 수 있는 축지문이 설치되어 있었던 것이다. 이곳에서 지상으로 올라가는 경로는 지부와는 동떨어진 곳에 위치해 있어서 지부를 파괴해도 드러나지 않았다.

'어째서?'

그렇기에 축지문 회수 작업을 진행하던 술사들은 당혹감을 금치 못했다.

어떻게 귀혁이 이곳을 알아차린 것일까? 전혀 단서가 없었는데?

퍼퍼퍼퍼펑!

귀혁은 그들과 대화를 나눌 생각이 없었다. 섬광이 번뜩이며 흑영신교도들이 제대로 반항조차 하지 못하고 죽어가기 시작했다.

"쳐!"

대응이 빠른 술사도 있었다. 동료들이 당하는 동안 방어 술법을 펼쳐서 귀혁의 공격을 막고는 무인들을 독려한다. 그러자 무인들이 용감하게 달려들었다.

콰직!

하지만 제일 먼저 달려들던 자가 섬전처럼 뻗어나간 일권에 격추당했다.

콰콰콰콰콰!

귀혁의 팔과 다리가 광풍처럼 주변을 휩쓸었다. 손발이 닿는 범위에 들어온 모든 자가 허망하게 죽어나가고…….

파밧!

귀혁이 술사를 죽일 의도로 발한 격공의 기가 허공에서 가로막혔다.

"음?"

격공의 본질에 닿은 이 한 수는 술법 결계조차도 뛰어넘을 수 있었다. 그런데도 막힌 것은 술사가 귀혁이 생각했던 것보다 뛰어난 실력자이거나, 혹은…….

"거기까지다, 흉왕!"

축지문을 통해서 등장한 이가 발한 격공의 기와 충돌했다는 뜻이었다.

"오호라, 이거 아주 기대하지 않은 대어(大漁)가 걸렸구나."

상대를 본 귀혁이 이를 드러내며 웃었다.

"그 힘, 그 영력… 틀림없이 팔대호법이렷다?"

상대는 6척을 넘는 장신인 귀혁보다도 한 뼘은 더 키가 큰 거구의 중년 여성이었다. 거인족도 아니면서 실로 장대한 기골을 지닌 근육질에 시체처럼 창백하고 음울한 얼굴을 지닌 쌍도(雙刀)의 여도객.

"나는 흑월령."

흑영신교에 귀의하기 전에는 귀검마녀(鬼劍魔女)라 불렸던 위진국의 대마두, 흑월령이 귀혁을 막기 위해 나타났다.

"여기를 네 무덤으로 만들어주마, 구시대의 유물."

4

피 냄새 가득한 공간에서 싸늘한 살기가 교차했다.

"좀 기개가 있는 녀석이구나."

귀혁이 빙긋 웃는 순간이었다.

퍼버버버벙!

동시다발적으로 격공의 기가 폭발하며 흑월령이 뒤로 밀려났다.

하지만 그 순간, 흑월령이 놀랍도록 유연한 움직임으로 충격을 흘려 넘기면서 반격한다.

좌도(左刀)가 비스듬한 궤적을 그리며 허공을 찢었고…….

파밧!

붉은 도기가 채찍처럼 늘어나며 귀혁을 때리는 순간, 흑월령의 움직임이 벼락처럼 가속하면서 우도(右刀)가 날카로운 기세로 찔러 들어왔다.

쾅!

폭음이 울리며 공간이 뒤흔들렸다.

"큭……!"

하지만 신음하며 물러난 것은 흑월령이었다. 귀혁은 거의 동시적으로 이어지는 쌍도의 연계를 아무렇지도 않게 비집고 들어와서 반격을 가했던 것이다.

"제법 하는군."

하지만 귀혁도 더 파고들지 못했다.

두 가지 이유였다.

하나는 아슬아슬한 차이로 눈앞을 가로지른 보이지 않는 위협이었다. 흑월령이 시간 차로 활성화되도록 의기상인의 덫을 깔아두었던 것이다.

그리고 또 하나는 그녀의 방어 위를 때린 주먹으로 파고는 침투경이었다.

후우욱……!

귀혁이 가볍게 손을 털자 붉은 불길이 주변을 휘돌며 흩어졌다.

"이건 분명히 그 재수 없는 백리가 놈의 기술이었을 텐데."

고인이 된 팔객의 일원, 폭성검 백리검운은 침투경의 달인
이었다. 침투경을 극단적으로 발전시킨 그의 기술은 귀혁도
그에 대한 악감정과는 별개로 인정할 수밖에 없을 정도로 뛰
어났다.

그리고 지금, 흑월령이 보여준 한 수에서는 백리검운의 혼
적이 느껴진다.

"그러고 보니 너는 마교의 온실에서 키워낸 화초가 아니었
지. 제법 재능이 뛰어났던 모양이로군."

광세천교의 칠왕 혼살권 유단이 그러했듯이, 귀검마녀도
흑영신교에 귀의하기 전에 이미 이름난 무인들을 수도 없이
베어 넘긴 고수였다. 그녀의 재능은 실로 천재적이었고 흑영
신교의 팔대호법 흑월령이 된 후로도 무서운 기세로 발전해
왔다.

"홍, 흉왕의 오만함이 하늘을 찌른다더니 들은 대로군. 참
고로 내 앞에서 오만했던 늙은이들은 전부 목이 날아갔지."

흑월령은 퉤, 하고 피 섞인 침을 뱉더니 저돌적으로 달려들
었다. 보통 도객들이 쓰는 도보다 묵직한 도가 태풍처럼 주변
을 휩쓸었다.

귀혁은 한 발짝도 물러나지 않고 쌍도의 폭풍을 받아쳤다.

투콰콰콰콰콰!

둘의 격돌로 지면이 터져 나가고 공간이 어지럽게 뒤흔들린다. 쌍도의 권의 격투, 거기서 뿜어져 나오는 도기와 권기의 격돌, 그리고 충돌하기 전까지는 보이지 않는 기공의 충돌이 현란하게 이어졌다.

투학!

그리고 그 공세를 뚫고 귀혁의 일권이 흑월령의 가슴팍을 강타했다.

"흐읍⋯⋯!"

흑월령은 금세 자세를 회복하고 다시 몰아쳤다.

쾅!

하지만 귀혁의 주먹이 마치 신기루처럼 그녀의 쌍도가 그려내는 궤적을 통과해 왔다.

"젠장! 이 망할 늙은이!"

욕설을 내뱉는 흑월령에게 귀혁이 뛰어들어서 소나기처럼 주먹을 내질렀다.

흑월령은 웅크린 자세로 그것을 받아냈다. 거구의 근육질 육체는 바위처럼 단단하다. 쌍도를 기세 좋게 휘두르기에 일견 사정거리에 의존하는 유형으로 보이기 쉽지만 그녀는 강철 같은 경기공의 고수였다.

투학!

연타를 내지르던 귀혁이 튕겨 나갔다.

'놀랍군!'

흑월령은 내공과 경기공으로 연타를 버텨내다가 단 한 발을 골라서 침투경으로 반격을 가한 것이다.

그것은 그녀가 백리검운과 필적하는 침투경의 달인임을 말해준다. 전신 어디에서든, 그리고 몸과 연결되어 있기만 하다면 무기로도 자유자재로 침투경을 발할 수 있는 경지!

그리고 귀혁이 자세를 바로잡기 전에 한 줄기 투명한 선이 몸을 가르고 지나갔다.

─귀검무(鬼劍舞)!

침투경으로 귀혁을 튕겨내자마자 심상경의 절예를 발한 것이다.

그것은 심도(心刀)가 아니었다. 귀혁은 흑월령의 몸 여기저기에 달려 있던, 뼈로 만든 검 모양의 장식들 중 하나가 기화해서 사라지는 것을 확인했다.

이 공격에 담긴 심상은 특이했다.

표적을 기화시켜서 파괴하는 것이 목적이 아니다. 그 궤적으로부터 발생한 음기(陰氣)가 귀혁의 체내로 스며들어 왔다.

그것은 공격적인 침투가 아니다. 상대에게 진기를 선물로 주듯 부드럽게 스며들어 온다.

하지만 그 결과는 실로 공격적이다. 진기의 음양(陰陽)의

균형이 무너져 버린다.

'이것이 귀검마녀라는 별호가 붙은 이유였나.'

거구에 쌍도를 태풍처럼 휘두르는 그녀에게 귀검마녀라는 별호는 어울리지 않는다. 그럼에도 그녀와 싸웠던 고수들의 발언이 그런 별호를 만들었다.

'그녀는 귀신이 휘두르는 검을 다루는 마녀다.'

이 기술은 심상경의 고수가 아닌 자가 맞더라도 즉사하는 일은 없다. 하지만 마치 보이지 않은 귀신이 영혼을 베고 지나간 것처럼, 격전 중에 진기 운행이 통제를 벗어나 주화입마에 빠지게 되는 것이다.

'독자적으로 고안해 낸 기술이 아니라 본신마공에 포함되어 있는 기술일 터.'

이 일격의 바탕이 된 장식물은 술법 처리를 거쳐 만들어낸 기물이었다. 마공은 순수한 무공이 아니라 술법의 영역에 걸쳐 있는 경우가 흔한데 흑월령의 본신마공 또한 그런 것 같았다.

"훌륭한 기술이군. 진기 소모도 극도로 적고 범위도 넓으니 다수를 상대로 할 때도, 지금처럼 위기 탈출용으로도 아주 그만이겠어."

"이제야 좀 세상 무서운 줄 알겠나, 늙은이?"

흑월령이 사납게 웃었다. 하지만 속으로는 식은땀을 흘리고 있었다.

'어떻게든 축지문이 파기될 때까지는 막아야 한다.'

축지문 너머, 성지에서는 교주와 암천령이 축지문을 파기하기 위한 작업에 들어가 있었다.

흑월령은 설령 목숨을 희생하더라도 그 시간 동안 귀혁을 막아야만 했다.

'만약 이자에게도 환예마존의 열쇠가 있다면… 대계가 파탄 나고 말겠지.'

귀혁에게 형운이 지닌 것과 같은, 환예마존 이현의 유산이 주어졌는지는 모른다. 그것은 신녀조차도 알아낼 수 없는 정보였다.

하지만 만약 그에게 그 열쇠가 있다면?

어떻게든 축지문을 파기하고, 교주의 신기로 성지와 이어진 축지문의 인과마저 완벽하게 지울 때까지 그를 막아야 한다. 그래야만 광세천교가 파멸했을 때의 상황을 당하지 않을 수 있다.

'교주님이 내주신 이 귀한 힘을 헛되게 하진 않는다.'

그리고 흑월령에게는 그것을 위한 힘이 주어졌다. 교주가 그녀에게 신기(神氣)를 보내준 것이다.

쿠구구구구구……!

꿈틀거리는 어둠이 흑월령의 몸을 휘감으며 기파가 폭증하기 시작했다.

귀혁의 눈이 이채를 띠었다.

"호오, 신기인가? 오랜만이군."

형운이 상대했던 암월령처럼 강신 상태는 아니다. 흑영신교가 성지에 비축하고 있던 신기 일부를 받아서 스스로를 강화한 상태였다.

귀혁은 속으로 의아함을 느꼈다.

'이놈들이 왜 이렇게까지 하지? 무슨 내막이 있는 것인가?'

그의 입장에서 보면 흑영신교의 선택은 이상하다.

만약 이 자리에서 그를 잡고자 한다면 흑월령 하나만 달랑 내보낼 게 아니라 성지에 대기 중인 전력을 총동원해야 할 것 아닌가? 교주와 팔대호법 하나만 더 나와도 귀혁은 물러나는 쪽을 선택할 것이다.

즉, 귀혁은 축지문으로 진입할 생각이 없다. 위치를 기억해 뒀다가 나중에 다시 올 수야 있겠지만 그 시간이면 흑영신교는 축지문을 파기하고도 남을 것이다.

그런데도 흑영신교는 굳이 흑월령을 단신으로 내보내고 그녀에게 신기까지 부여했다. 그것은 그녀가 여기서 죽더라도 귀혁이 축지문에 진입하는 것만은 막겠다는 의지를 보여준다.

'아, 혹시 이놈들… 내게 형운과 같은 힘이 있을 경우를 두려워하는 건가?'

귀혁은 자기 앞에 놓인 희미한 단서들만으로도 진실에 도달했다.

'마존께는 아무리 감사해도 끝이 없군. 역시 대단하신 분이야.'

이현의 유산을 물려받은 것은 형운과 한서우 둘뿐이다. 하지만 흑영신교는 그 사실을 알아내지 못했기에 이 상황을 두려워하고 있었다.

'너희가 불분명한 가능성 때문에 두려워한다면, 나는 기꺼이 이용해 줘야겠지.'

싸늘하게 웃는 귀혁에게 흑월령이 쌍도를 겨누었다.

"흥왕! 위대한 신이 내려주신 기적의 힘을 보아라!"

흑월령이 어둠을 휘감은 채로 달려들었다. 조금 전까지보다 확연히 빨라진 움직임으로 쌍도를 휘두른다.

콰콰콰콰콰콰!

이번에는 아까 전과는 양상이 달랐다. 흑월령의 움직임에 생기가 돌며 귀혁이 조금씩 밀려나기 시작했다.

'운용은 제한적이다. 그런데도 까다롭군.'

흑월령이 흑영기(黑靈氣)를 활용하고 있기 때문이었다.

신기를 통해서 본신 능력을 폭증시키고, 무공의 연계에서 거쳐 가야 하는 부분을 생략해 버림으로써 전투 능력이 대폭 증가했다. 게다가 제한적으로나마 흑영기의 권능을 활용하는 것이 골치 아팠다.

자기 자신을 완전히 버리고 강신 상태로 들어갔던 암월령처럼 완벽하게 흑영기를 활용하는 것은 아니다. 때때로 타격 지점의 충격을 완벽하게 무효화하는 권능만을 발하는데 그것만으로도 대단히 위협적이다.

쉬익!

움직임의 맥이 거듭 끊기자 귀혁의 방어에도 틈새가 발생했다. 흑월령의 도기(刀氣)가 귀혁의 옷자락을 베고 지나간다.

하지만 귀혁도 마냥 당하고만 있는 것이 아니었다. 현란한 보법으로 원하는 위치를 선점해 가면서 흑월령을 압박해 간다.

투학!

"큭!"

한창 귀혁을 밀어붙이던 흑월령이 어느 순간 신음을 흘리며 물러났다.

귀혁이 점점 축지문을 향해서 이동했기 때문이었다. 그가

원을 그리면서 축지문을 등지는 위치를 점하려는 것을 알게 되자 무리해서라도 막을 수밖에 없었다.

그런 일이 두 번, 세 번 반복되었다. 밀어붙이는 기세로만 보면 흑월령이 우위였는데도 결정적으로 균형이 무너지는 때가 된다 싶으면 맥이 끊겨 버리고 만다.

'뭔가 이상하다.'

흑월령은 가슴이 답답해지는 것을 느꼈다.

귀혁과 싸우면 싸울수록 위화감이 강해지고 있었다. 처음에는 귀혁이 축지문을 지켜야 하는 흑월령의 상황을 절묘하게 이용하는 것이 짜증 나서라고 생각했다. 그런데 그게 아니다.

'뭔가가 어긋나고 있어. 하지만 대체 뭐가?'

두 사람은 격전을 벌이고 있다.

쌍도와 주먹이 부딪치며 서로를 향한 살의로 울부짖는다. 신의 의지가 깃든 어둠과 인간이 자아낸 섬광이 부딪쳐 폭발한다.

쿠구구구궁……!

둘 다 대규모 파괴 기술은 자제하고 한 점에 집중된 힘으로 격투전을 벌이고 있었다. 그런데도 그 여파를 견디지 못하고 지하 공간이 붕괴해 간다.

하지만 귀혁도, 흑월령도 신경 쓰지 않고 서로에게 집중할 뿐이다. 심상경의 절예를 심즉동으로 발하는 경지에 이른 자들에게 무너진 암석에 깔려 죽는 상황은 전혀 위협이 되지 못하니까.

'뭐 때문에 이렇게 답답해지는 거지?'

흑월령은 계속 부풀어가는 위화감에 이를 악물었다.

아무리 봐도 그녀가 우세한 상황이다. 귀혁이 노련하게 상황을 이용하고 있기는 하지만 공방의 균형을 보면 계속 흑월령이 밀어붙이고 귀혁은 밀려나는 형국이었으니까.

흑월령은 귀혁이 아직 내보이지 않은 수를 모두 알고 있다. 진기 격발, 천단멸쇄진, 그리고 무극 감극도까지… 그 어떤 변수가 닥쳐와도 신기의 힘이라면 대응할 수 있다는 자신감도 있다.

귀혁도 같은 생각일 것이다. 그렇기에 섣불리 비장의 패를 꺼내 들지 못하는 것일 터.

이대로 계속 싸운다면 이길 수 있을지도 모른다. 시간 벌기로 끝나는 게 아니라 흑영신교의 최대 위협인 귀혁을 여기서 끝장낼 수도 있는 것이다!

'그런데 전혀 승리의 예감이 들지 않아.'

흑월령은 무수한 실전을 겪어온 인물이다. 진리를 깨닫고 흑영신교에 귀의하기 전에 대마두로 불렸던 그녀는 불리한 상황을 이겨낸 경험도 수도 없이 많았다.

그런 만큼 그녀는 무인으로서의 감이 뛰어났다. 그리고 그 감은 팔대호법이 되면서 월등히 증폭되었다.

지금 이 순간, 그 감이 그녀에게 속삭이고 있다.

위험하다고.

지금은 절대 그녀에게 유리한 상황이 아니라고.

'결정적인 타격은 한 번도 없었어. 감극도, 정말이지 격투전에서는 무극의 능력이군.'

흑월령이 계속 밀어붙이고는 있었지만 귀혁은 단 한 번도 정타를 허용하지 않았다. 한 방만 들어가면 균형이 확 기울 것 같은데 그 한 방을 때릴 수가 없다.

그렇다고 초조해하면서 무리수를 던진다면 그게 바로 귀혁이 바라는 바일 것이다. 그래서 흑월령은 냉철하게 공방을 이어가고 있었다.

쿠과과과광……!

결국 지하 공간이 완전히 붕괴했다. 바닥이 푹 꺼지고 천장의 암괴가 떨어져 내리자 귀혁과 흑월령이 동시에 움직였다.

5

귀검마녀는 비명과 유혈로 얼룩진 인생을 살아왔다.

그녀의 인생은 시작부터 파멸을 향한 일직선이었다. 거기서 벗어날 수 있는 기회 따위는 한 번도 얻어본 적이 없었다.

그녀는 스스로의 선택으로 마공을 익힌 것이 아니다. 어린 시절, 귀검무결이라는 마공의 화신이 되어버린 마인이 점차 죽어가는 자신의 후계자를 찾기 위해 닥치는 대로 인간 아이를 납치해서 인륜을 저버린 실험을 반복했다.

그녀는 그렇게 선택받았다.

인생을 결정짓는 사건 속에서 그녀의 자유의지는 아무런 무게도 갖지 못했다.

마공의 화신은 인체 실험을 통해 그녀에게 마공을 '주입' 했다. 그리고 자신의 영육을 먹어치우게 함으로써 그녀를 귀검무결의 전인으로 만들었다.

그 과정에서 그녀는 자신이 누구였는지 기억을 영영 잃어버리고 말았다.

남은 것은 귀검무결이라는 마공과 그것의 완성을 이뤄야 한다는 사명감뿐.

첫 실전은 납치된 그녀를 구하기 위해 쫓아온 협객들이었다. 그들은 그녀가 마인이 된 것을 애석해하며 목숨을 끊어주려고 했고, 역으로 그녀에게 살해당하고 말았다.

타의로 인생이 파괴당했다. 그리고 새로운 인생이 결정되었다.

거기에 반항하는 것도 의미 있는 일일지도 모른다. 하지만 귀검마녀는 굳이 그러지 않기로 했다.

아마도 기억을 잃어버렸기 때문일 것이다. 그리고 위험을 무릅쓰고 자신을 구하러 온 자들이, 자신이 스스로의 의지와는 상관없이 마인이 되어버렸다는 이유로 죽이려고 들었기 때문일 것이다.

그들과 싸워서 죽이면서 그녀는 생각했다.

이 순간이 즐겁다고.

그녀가 어떻게 생각하든 그녀의 영혼에 각인된 귀검무결의 의지는 무공의 성취를 즐거워하는 마음을 주었다.

어느 날 갑자기 모든 것을 잃었다. 철저하게 피해자인 그녀에게 세상은 살 가치가 없으니 죽어버리라고 손가락질한다.

이런 상황에서 굳이 그들의 규칙에 따라줘야만 할까?

그렇게 자신의 이름조차 잃어버린 소녀는 귀검마녀가 되었다.

이후 그녀의 삶은 유혈과 살육의 잔치였다.

그녀는 싸우고자 하는 충동이 일면 자제하지 않았다. 걸어오는 싸움을 마다하지도 않았다.

적이 누구든 상관없다. 싸움을 걸어온 자와 싸운다. 그리고 적을 죽인다.

흉명이 퍼져 나가면서 수없이 많은 적이 그녀의 목을 노렸다.

위험한 순간은 수도 없이 많았다. 당장 내일의 해를 볼 수도 없는 그런 상황까지 내몰렸다.

지옥 같은 상황이 거듭될수록 귀검무결은 완성되어 갔다. 그러자 귀검마녀는 한 가지 두려움에 시달리게 되었다.

'사명을 이루고 나면, 그다음에는?'

주입받은 사명을 이루기 위해 온 세상을 적으로 돌리는 것도 주저하지 않았다. 하지만 그 사명을 이루고 나면 그다음에는 무엇을 위해 살아야 할까?

그것은 무의미한 걱정이었는지도 모른다. 그런 두려움을 느끼기 시작한 지 얼마 지나지 않아 도저히 벗어날 수 없는 위기가 닥쳐왔으니까.

천하십대문파로 불리는 진곡파를 주축으로 한 수백 명의 정파 무인이 그녀를 상대로 천라지망을 펼쳤던 것이다.

아무리 적을 베어 넘겨도 끝이 없었다. 그리고 그녀조차도 무시할 수 없는 고수들이 주저 없이 연수합격을 펼치면서 하나둘씩 부상이 늘어갔다.

절체절명의 상황 속에서 그녀는 상반된 감정에 시달렸다.

평생 동안 추구해 온 귀검무결을 완성하지 못한다는 원통함과 사명을 이룬 이후를 맞이하지 않고 이대로 치열한 싸움 속에서 죽을 수 있다는 안도감.

신의 계시가 들려온 것은 그때였다.

─바란다면 '그다음'을 얻을 것이다.

귀검마녀는 세상의 부조리가 낳은 괴물이다. 그녀는 타인에게 과거를 파괴당했다. 타인에게 생명의 가치를 부정당했다. 타인에게 인생의 목적을 강제당했다.

분명 그녀는 귀검마녀로 살기를 결정했다. 그러나 사실 그녀가 자유롭게 결정할 수 있었던 것은 아무것도 없었다.

그렇기에 그녀는 그 사실에 괴로워하는 대신 순간에 충실했다. 가야 할 길만 보이면 된다. 그 길을 가다가 목숨을 잃는다 해도 원망하지 않을 것이다.

다만 길의 끝에 도달한 후의 일이 두려웠을 뿐이다.

─의미를 구한다면, 의미를 줄 것이다.

그렇기에 그녀는 신이 내린 사명을 기꺼이 받아들였다. 인생의 끝까지 걸어갈 길을 얻었기에 더 이상 아무것도 두렵지 않았다.

아무것도.

6

푸른빛의 궤적과 먹으로 그어놓은 것 같은 어둠의 궤적이 교차한다.

……!

소리가 사라진다.

눈앞에 보이는 풍경에서 색이 사라지고, 이윽고 윤곽조차도 흐릿해지면서 모든 것이 혼돈으로 화했다.

무극의 권과 신도합일이 교차하면서 만상붕괴가 일어났다. 붕괴하는 지하 공간에서 한순간에 탈출한 두 사람은 광운산맥 한편에서 서로를 노려보고 있었다.

"흥! 이제 더 이상은 쩨쩨한 수작을 부리지 못할걸!"

흑월령이 이를 드러내며 웃었다. 지상으로 나온 이상 축지문을 등지고 있다는 부담은 사라졌다. 이제는 귀혁이 자신을 넘어서 다시 축지문과 접촉하는 상황만 막으면 된다.

"확실히 그렇군. 슬슬 축지문이 파기된 모양인데… 그 의미를 이해하고 있느냐?"

귀혁이 묻자 흑월령이 냉소했다.

"유감스러운 사실을 알려주지. 축지문이 사라져도 신기는 그대로 남는다. 아무것도 달라지지 않았어. 네놈이 좀 더 불리해졌을 뿐."

교주가 내준 신기는 지속적으로 공급되는 것이 아니다. 그러나 흑월령에게는 한 번에 이 전투에서 충분히 쓸 만큼의 신기가 주어졌고, 그 양은 아직 충분히 남아 있다.

신기는 흑월령의 힘을 충만하게 만든다. 신체가 강건해지고 감각이 더없이 예리해진다. 마치 기심이 늘어난 것처럼 내공이 증폭되고 아무리 싸워도 지치는 기색이 없이 활력이 넘친다.

흑월령은 제한된 신기를 최대한 효율적으로 쓰고 있다. 무인으로서의 자신을 최대한 강하게 만들고, 그 강함을 유지시키는 것을 우선으로 한다.

그에 비해 귀혁은 싸우면 싸울수록 지칠 것이다. 흑월령의 신기가 소진되는 것보다 귀혁이 지치는 것이 빠르다면, 그때는 흑월령의 승리다.

'네놈이 감추고 있는 것이 무엇인지 까발려 주마. 이 목숨을 걸고!'

모든 것은 대업의 그날을 위해서.

자신이 이 자리에서 죽는 것이 피할 수 없는 운명이라면, 적어도 귀혁의 밑바닥을 보고야 말 것이다. 그 모든 것이 교주를 위한 밑거름이 될 테니까.

"착각이 심하군. 축지문이 닫혔다. 그 사실이 의미하는 바는 아주 명쾌하지."

귀혁이 씩 웃었다.

"이제 네가 도망갈 길이 막혔다는 뜻이다."

파악!

동시에 귀혁의 주먹이 흑영기의 방어를 절묘하게 피해서 흑월령의 몸통을 강타했다.

"어헉!"

거기서 물 흐르듯이 자연스럽게 이어지는 쌍장타가 흑월령을 밀어냈다. 그리고 흑월령이 물러나는 것과 완벽하게 같은 속도로 뛰어들면서 연타를 날린다.

파파파파파… 팟!

흑월령은 흑영기의 방어로 연타를 끊고는 하단 돌려차기로 반격했다. 귀혁이 다리를 들어서 막는 순간, 그녀의 몸에 달려 있던 뼈로 만든 검 장식들 중 하나가 기화한다.

―귀검무!

투명한 선이 귀혁을 가르고 지나간다. 하지만 그 순간 귀혁의 모습이 빛으로 화했다.

―무극 감극도(無極感隙道)!

지금까지 귀혁은 무극 감극도를 결정적인 순간 최적의 공격 기회를 활용하는 방식으로 써왔다.

하지만 신체를, 기의 운용 상태를 자신이 원하는 대로 바꿀 수 있는 무극 감극도는 방어에서도 강력한 효과를 발휘했다.

손쉽게 귀검무를 무력화시킨 귀혁이 아무렇지도 않게 뛰어들었다.

―광풍노격(狂風怒擊)!

콰콰콰콰콰콰……!

'크아악! 제, 제기랄!'

호쾌하게 내지르는 일권을 흑영기로 막는 순간, 귀혁은 마치 그럴 줄 알았다는 듯 절묘하게 옆으로 돌면서 최대 출력의 기공파를 쏘아냈다.

—암야통곡(暗夜慟哭)!

직격당하면 버텨낼 수 없는 일격이었기에 흑월령은 주저하지 않고 비장의 패를 꺼냈다. 심즉동으로 펼쳐진 쌍도의 심도가 광풍노격을 십자 궤적으로 갈라 버리고, 두 줄기 어둠이 교차한 지점에서 만상붕괴가 발생해서 거세게 폭발하던 기공파를 산산이 흩어버렸다.

……!

세계가 내지르는 비명 속에서 자유롭게 전개되는 것은 오로지 흑영기뿐. 귀혁이라도 이 영역으로 뛰어들면 흑영기에 압살될 뿐이다.

흑월령은 그렇게 생각했다.

'주저하는 기색도 없이?'

하지만 기공파가 걷혔을 때, 귀혁은 이미 그녀 앞으로 뛰어들고 있었다.

'그렇다면 죽어라!'

흑월령은 놀라면서도 이미 머릿속으로 그려뒀던 움직임을 실행했다.

만상붕괴 속에서는 기공전이 통용되지 않는다. 1의 효과를 얻기 위해 100의 힘을 쏟아부어야만 하니까.

하지만 신기만은 예외다. 하늘에서 내려온 신성한 힘만큼은 이 의념의 격류 속에서도 기세를 잃지 않는다.

흑월령의 쌍도를 휘감은 흑영기가 도기를 대신하여 거침없이 뻗어나갔다. 오로지 육탄전에만 의존해야 하는 자와 기공을 자유롭게 쓸 수 있는 자의 승부는 뻔하다!

퍼억!

그 판단이 치명적인 실수였다.

'어……?'

흑월령은 믿을 수 없다는 듯 눈을 부릅떴다.

귀혁은 마치 흑월령이 어떻게 움직일지 전부 알고 있었던 것처럼, 도기의 형태로 발출된 흑영기가 그리는 궤적을 절묘하게 피해서 일격을 먹였다.

그것도 기공파로.

'어, 떻게……?'

흑월령의 몸통에 주먹만 한 구멍이 뚫렸다.

만상붕괴 속에서는 1의 효과를 얻기 위해 100의 힘을 쏟아

부어야만 한다. 아무리 귀혁이라도 그 짧은 순간에 이 정도의 힘을 발휘할 수 있을 리가…….

'무극 감극도?'

격통 속에서 흑월령의 머리가 답을 찾아낸다.

그녀가 광풍노격을 찢어발기고 만상붕괴를 일으키는 짧은 순간, 잠깐 동안 귀혁을 보지 못한 그 찰나에 무극 감극도를 전개한 것이다. 그리고 광풍노격과 동등한 위력의, 하지만 한 점으로 극한까지 압축해서 관통력을 높인 기공파를 준비하고 있었다.

'아, 아무리 그렇다고 해도 이건…….'

납득이 가지 않는다.

신기로 인해 그녀의 경기공과 호신기는 위력이 폭증한 상태다. 그런데 만상붕괴 속에서 그것을 두부처럼 갈라 버릴 정도의 위력을 발한 데다가 흑영기가 배치된 지점을 절묘하게 피하다니, 어떻게 그럴 수가 있는가?

혼란스러워하는 흑월령 앞에 나타난 귀혁이 주먹을 내질렀다. 그 순간 흑월령이 몸을 웅크리며 침투경으로 튕겨내려고 한 시도는 실로 놀라울 정도로 뛰어난 대응이었지만…….

"이미 보았다."

귀혁은 타격 직전, 절묘하게 주먹을 빼서 그녀의 침투경이 허공을 치게 만들었다. 그리고 물 흐르듯이 자연스럽게 바뀐 자세에서 발차기가 작렬하고, 권격이 소나기처럼 그녀를 난타했다.

투타타타타타!

'말도 안 돼!'

흑월령이 가까스로 난타에서 몸을 뺐을 때는 이미 수십 발을 맞은 뒤였다.

치명상을 입은 몸이 신기의 힘으로 재생하기도 전에 돌이킬 수 없는 손상을 입었다.

"쿠억……!"

흑월령은 피를 토하며 주저앉았다. 죽음의 발소리가 점점 가까워지고 있었다.

"어떻게 이런… 이럴 수가……?"

도저히 믿을 수가 없었다.

귀혁이 감극도로 인해서 인간의 한계를 뛰어넘은 반응 속도를 지녔다는 것은 잘 알고 있다. 하지만 그녀가 침투경을 발할 지점과 순간을 포착해서 농락하는 것은 그것만으로는 불가능하다. 방어 자세를 취한 그녀는 침투경을 발할 때 겉으로 드러나는 조짐을 보이지 않으니까!

'예지능력이라도 있지 않고서는… 잠깐! 예지능력?'

흑월령의 뇌리에 섬전처럼 깨달음이 스쳐갔다. 지금까지 가슴을 답답하게 만들던 위화감이 한순간에 해결되었다.

하지만 귀혁은 그녀가 무엇을 하든 개의치 않고 결정타를 날렸다.

꽈아아아앙!

푸른 섬광이 폭발했다.

"…훌륭하군."

흩어지는 폭연 속에서 귀혁이 탄성을 흘렸다.

흑월령에게는 선택지가 없었다. 회피도, 방어도 불가능했고 맞받아치기에도 늦었다.

그런데도 그녀는 망설임 없이 결단을 내렸다.

귀혁의 일권이 자기를 때리거나 말거나 심즉동으로 쌍도의 심도(心刀)를 발한 것이다.

애병을 주저 없이 버리는 그 맞치기도 귀혁을 저지하지는 못했다. 그러나 상처 입힐 수는 있었다.

치이이익……!

귀혁의 어깨와 팔뚝에서 검은 연기가 피어올랐다. 종이 한 장 차이로 피했지만 간담이 서늘해지는 한 수였다.

"크흑……."

만신창이가 된 채 암벽에 처박힌 암월령은 사납게 웃으며 뭐라고 비아냥거리려고 했지만 실패했다. 격통 때문에 목소리가 나오지 않았던 것이다.

"제기, 랄……. 그 눈… 미리 알았더라면……."

"들어줄 가치조차 없는 변명이라는 걸 스스로도 알고 있지 않느냐?"

"크흐… 그렇지."

피식 웃은 흑월령이 흐려진 눈으로 말했다.

"분하군. 정말로 분해……. 하지만 인정하지. 흉왕, 네놈은 내 앞에서 오만할 자격이 있는 늙은이였어."

그것이 그녀의 유언이 되었다. 흑월령은 이상할 정도로 후련한 얼굴로 숨을 거두었다.

7

흑영신교의 성지에서 교주의 탄식이 울려 퍼졌다.

"아아, 흑월령……!"

교주는 흑월령의 죽음을 느꼈다. 그녀를 이루던 영적인 힘이 신성한 맹세의 힘에 의해 자신에게 섞여 들어오고 있었다.

제대로 통합을 이루기 위해서는 한시라도 빨리 의식을 치러야 할 것이다. 그러나 끊임없이 신에 가까워지고 있는 교주는 통합 의식을 치를 것도 없이 흑월령이 마지막에 느낀 것들을 알게 되었다.

'그대는 만족했구나.'

흑월령은 원통해하지 않았다.

그녀는 자신의 싸움이 가치 있었음에 만족했다. 가치 있는 싸움에 목숨을 버릴 수 있었던 것에 감사했다.

대마두로 불리던 그녀의 욕망은 거창함과는 거리가 멀었다. 그녀는 그저 자신의 존재가 의미 있기만을 바랐을 뿐이다.

"교주님!"

교주가 흑월령의 마지막 감정을 음미하고 있을 때, 문이 벌컥 열리면서 신녀가 헐레벌떡 뛰어 들어왔다.

교주는 당황하는 기색 없이 그녀를 안아주며 말했다.

"흉왕이······!"

"알고 있다. 흑월령이 죽음으로 알려주었다."

"······."

신녀가 굳었다.

"흉왕은 신안(神眼)을 손에 넣었구나."

이제 귀혁은 예지로 들여다봐서는 안 되는 존재가 되었다.

오랫동안 형운을 통해 일월성신의 능력을 연구한 성과였다. 귀혁 역시 성운을 먹는 자 일맥의 연구 성과가 집대성된 존재이기에, 일월성신이 될 수는 없었지만 그 능력 일부를 재현하는 것에는 성공한 것이다.

흑월령이 느끼던 위화감은 바로 그것에서 비롯된다. 귀혁은 예지능력이라도 있지 않고서는 불가능한 재주를 보여주었다. 기를 시각화해서 봄으로써 그녀의 진기 운용을 낱낱이 꿰뚫어 보았기에 가능한 일이었다.

"그리고 어쩌면… 그 역시 인간의 한계로 일컬어지는 벽을 돌파했는지도 모른다."

흑월령은 귀혁이 보여준 강력함에 의문을 품었다. 그녀는 9심 내공의 강력함을 아주 잘 알고 있기 때문이었다. 귀혁은 아무리 무극 감극도로 시공의 연속성을 초월했다고 하더라도 9심 내공으로는 불가능해 보이는 위력을 보여주었다.

그렇다면 자연스럽게 한 가지 가능성을 떠올리게 된다.

귀혁이 마침내 10심 내공을 이루었을 가능성.

"사부나 제자나 참으로 무서운 자들이다. 하지만 나의 반려, 걱정할 필요 없노라."

교주는 슬픔과 두려움에 떠는 신녀를 꼬옥 안으면서 말했다.

"그들은 하늘이 우리에게 내린 시련이다. 그리고 시련이란 극복되기 위해 존재하는 것이지."

"교주……."

"우리가 목표에 가까워질수록 시련 또한 거세지는 것이다. 그뿐이다. 그러니 반려여, 부디 자책하지 말아다오. 흑월령은 자신이 우리에게 길을 열어주었음에 만족하며 눈 감았으니."

"……"

신녀는 울컥 치미는 감정에 가슴이 먹먹해져서 아무 말도
하지 못했다. 그저 교주의 품에 안긴 채 흐느낄 뿐이었다.

『성운을 먹는 자』 29권에 계속…

초대형 24시 만화방

신간 100%, 샤워실, 흡연실, 수면실(침대석), 커플석, 세탁기 완비

■ 시흥 정왕25시점 ■

E-마트
T월드
GS25 새마을금고
25시 만화방
U+
농협
사회골프 연습장
시외버스 터미널

경기 시흥시 정왕동 1742-13 미스터피자 건물 5층
031) 319-5629

■ 강북 노원역점 ■

운전면허 시험장
⑨ 4호선 노원역 ⑩
② ①
롯데백화점 **24시 만화방**
순복음
교회

서울 노원구 상계동 340-6 노원역 1번 출구 앞 3층
02) 951-8324 (화용빌딩 3층)

■ 일산 정발산역점 ■

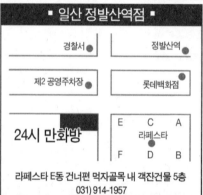

경찰서
정발산역
제2 공영주차장
롯데백화점
24시 만화방
E C A
라페스타
F D B

라페스타 E동 건너편 먹자골목 내 객잔건물 5층
031) 914-1957

■ 일산 화정역점 ■

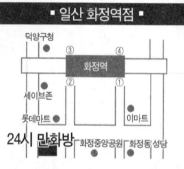

덕양구청
③ ④
화정역
② ①
세이브존
롯데마트 이마트
24시 만화방
화정중앙공원 화정동 성당

경기도 고양시 덕양구 화정동 984번지 서일빌딩 7층
031) 979-4874 (서일사우나 건물 7층)

■ 부천 역곡역점 ■

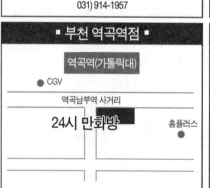

역곡역(가톨릭대)
● CGV
역곡남부역 사거리
24시 만화방
홈플러스

역곡남부역 기업은행 건물 3층
032) 665-5525

■ 부평역점 ■

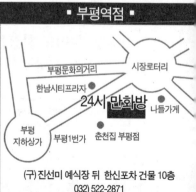

부평문화의거리
시장로터리
한남시티프라자
24시 만화방
나들가게
부평
지하상가 부평1번가 춘천집 부평점

(구)진선미 예식장 뒤 한신포차 건물 10층
032) 522-2871